那一方山水

NA YI FANG SHAN SHUI

段德山 著

江西教育出版社
JIANGXI EDUCATION PUBLISHING HOUSE

·南昌·

赣版权登字-02-2024-519

图书在版编目（CIP）数据

那一方山水 / 段德山著. —— 南昌：江西教育出版
社，2025.1. —— ISBN 978-7-5705-4580-3

Ⅰ. I247.5

中国国家版本馆CIP数据核字第2024E9R051号

那一方山水
NA YI FANG SHANSHUI

段德山　著

江西教育出版社出版
（南昌市学府大道299号　邮编：330038）

出 品 人：能　炽
责任编辑：洪晓梅
装帧设计：卢　乐

各地新华书店经销
江西省和平印务有限公司印刷
880毫米×1230毫米　32开　9.75印张　250千字
2025年1月第1版　　2025年1月第1次印刷

ISBN 978-7-5705-4580-3
定价：50.00元

赣教版图书如有印装质量问题，请向我社调换　电话：0791-86710427
总编室电话：0791-86705643　　编辑部电话：0791-86705903
投稿邮箱：JXJYCBS@163.com　　网址：http://www.jxeph.com

序 一

去冬，多年不见的校友德山校长来电，言及著成《那一方山水》，要我为之书序。闻之深思，自觉德能难配，但又考虑校友兄弟情面难违，于是只能遵命献丑，还望各位尊者师友海涵！

品读完《那一方山水》，感慨良多，思绪万千。书中一幕幕，萦绕心头，挥之不去。德山兄在困境中磨砺成长，德高志远，自强不息，着实令人感动。立业教育行列后，一心扎在乡村学校，爱岗敬业，积极奋发，在领导岗位上能勇挑重担，初心不改，视学生为己出，以教室为舞台，与师生同甘苦，在教书育人、教改科研以及学校发展等诸多方面都取得喜人成绩，获得领导、同事、学生与家长的一致好评。书中字里行间激荡着一股奋发向上的力量。这是一部教人坚强、激人奋进的励志之作。

　　值得称道的还有作品的史料价值。书中对家族变迁、家乡变化，还有多项手工业的生产过程，以及学校教育的沧海桑田，都有不同程度、不同侧面的反映，记述具体翔实，有的史料弥足珍贵。书中方方面面，点点滴滴，可以唤起我们很多人遥远而熟悉的记忆。相信众多的读者也能从中加深对家乡、对历史的认识，拓展视野，磨砺思想。

　　德山老师退而不休，笔耕不辍，谨此致敬！

2021 年 3 月 6 日

序 二

　　段德山老师是土生土长的于都人，出生在梅江河畔的段屋，生长在瑶金山脚下。他一辈子从事教育事业，从师范学校毕业后，三十多年来都在乡镇中学任教。

　　翻开段德山老师的自传《那一方山水》，书中写了他的祖父、父母亲，也写了他的兄弟姐妹、子女。全书一气呵成，不仅叙述了他的家族、家史，还详细写了他从出生到退休的经历，包括启蒙之学、少时玩趣、风华少年、浪漫爱情等章节，其间写了他的家乡，以及亲属、同学和朋友等。

　　在书中，段德山老师将自己做过的事、走过的地方、参加过的活动都娓娓道来，细细讲述，它们像一张张的照片，又像一幕幕的影像，在读者的脑海中呈现，让人久久不能忘怀。虽然时隔四十多年，但段德山老师的记忆一点一滴，犹如昨日。

段德山老师也是一位有心之人。他的自传里面，无论涉及任何人、任何事，皆会写明详细的时间、地点等，这也就有许多好处，特别是读者看了，不禁会联想到自己的少年时光、趣味往事，从而产生强烈的共鸣。正因为段德山老师对学校和学生有着特殊的感情，所以对自传的写作格外用心，他除了写他学习、工作和生活的学校以及他的学生之外，他还特意将这些章节部分内容打印出来，发给亲朋好友传阅，并征求他们的宝贵意见，然后回家屡次修改、完善。

那时我刚好调入县地方志办工作。2017年下半年，我们单位刚刚开通了一个微信公众号，每天发布一些本地的历史文化、古迹遗址、风土人情等地情资料。这时，段德山老师就会写一点关于他老家的传说故事、人文逸事等题材文章，通过我们的公众号发布，影响力很大。后来，我们之间互相添加了微信号，也互留了手机号码，平日经常沟通联系，特别是我经常向他约一些于都地方历史文化方面的稿件，如于都段氏的渊源、段屋圩的由来、段屋的地名故事等等。段德山老师创作非常有激情，文如其人，笔下写了许多方言民俗、乡土民情。

段德山老师还是一位农村劳作的"好把式"，书中有大量描述他劳动的内容。每年农忙的季节开始，总能在田畈地头里看见他甩开了膀子干活，劲儿足足的，他的鞋子上、衣服上、胳膊上、手上、头上尽是泥，这就是干得热火朝天的"段老师"给人的印象！

岁月如歌飘然过，光阴似水不再来，人生几十年，弹指一挥间。他说："人的一生有过这么多经历，总要记录下来，为自己留个念想。"于是，我不断鼓励他，建议他收集资料写一本书，写写他的家史，写写他自己、他的亲人。其实，段德山老师的脑海中早已搭好了框架，有了思路。从2018年开始，他就断断续续地写，直到2020年冬。这期间他有一段时间搁笔在家，问其何因，答曰："没有灵感！"就这样，他写写停停，停停写写，甚至在海口他儿子家生活时也写，有时白天写、晚上想，有时白天想、晚上写，有时刚刚睡下又爬起来，对照着一个字一个字修改着。春去秋来，寒来暑往，终于写成了这部书稿。

有人说，人生是一坛酒，越陈越有味；人生是一条河，越流越长。翻看段德山老师的自传，总会感到思绪万千，心潮起伏，也不乏几分感伤与惆怅。也有人说，一个人影响一群人，一群人影响一座城，一座城影响一个时代。孔窥段德山老师的《那一方山水》，自在平凡中蕴伟大，细微之处显精神。而且，虽是一介小民，孕育无限真爱!

　　啰啰唆唆，权当为序。

丁良跃

2021年9月3日

写于贡江之滨龙脑

目 录

第三辑

社会的磨砺，远大的理想

第四辑

起始的岗位，奋斗的历程

——我的教学生涯第一站

第五辑

艰苦的学校，辛勤的耕耘

——我的教学生涯第二站

第六辑

繁重的工作，忘我的付出
——我的教学生涯第三站

引　子

我的故乡——段屋
有那巍巍瑶金山
有那滔滔梅江河
还有那祭祖的祠堂、居住的小房间
以及晒场（禾坪）、树林、田野
和门前的一棵棵枣树……

瑶金山西脚下的黄泥山坡
诞生了大塘、钓潭、白石角
还有浒坝、长仚、桂林、长隆圩……
那黄泥山坡蜿蜒起伏
一直延伸到长龙坝

那涛涛梅江
发源于宁都王陂嶂南麓
出大雅坪于山溪村进入瑞金
在长沙村的下塅进入于都曲洋、汾坑

穿越寒信峡

逶迤流经故乡

无惧冲出左狮右象[1]

直奔岭背水头

在贡江镇龙舌咀

缓缓注入贡水

月牙爬上了树梢

我进入了梦乡

记不清有多少次

梦见童年的我常在故乡

梦见了您

那祭祖的祠堂

每当农历初一、十五

还有那过年过节

父母都会在神龛前烧香祈祷

而我们兄妹跟着点香，放鞭炮

祈求神灵、祖宗庇佑

愿阖家平安健康，吉祥如意

愿我们更乖些，健康成长

梦见了您

那破旧土坯房中的小房间

摆着一张简陋的床铺

就在这张床上

母亲伴着那艰苦的岁月

陆续地生下了我和弟妹七人

不幸的是父亲而立却病故

还有那二弟两岁夭折

梦见了您

那晒谷场上童年的伙伴

在银色的月光下

我们在嬉戏

架飞机、斗鸡、孵蛋、老鹰抓小鸡……

还有那些长辈为我们

讲述着一则则童话和趣味故事

有时还叫我们猜谜语

带着我们走进奇妙梦幻的世界

梦见了您

那屋背后的树林里

我们几个童年伙伴

常爬树折干柴

不论男女

不论大小

弄到一大堆柴后平均分配

梦见了您

那稻田及水圳沟

我与伙伴撸袖子卷裤脚

抓鱼是多么开心

你看我，我看你

你笑我，我笑你

满脸泥巴活像大花脸

梦见了您

那门前的几棵枣树

春秋流逝使它显得苍老

儿时爬树摘枣情景

仍历历在目

每当枣儿成熟时

弟妹站在枣树底下

仰望着我爬树摘枣

我在树上摘到一把枣丢在地上

弟妹争相抢枣乐开了花

…………

故乡的山，故乡的河

故乡的情，故乡的爱

您烙印在我心中

您使我思念至今

您使我魂牵梦绕

注：

[1] 段屋梅江南岸石下山形如"狮"，
　　对岸车溪北山形如"象"。

第一辑

可爱的家乡，
敬仰的祖先

家乡概况

滚滚梅江奔贡水，瑶金巍耸入云烟。

人文环境真优美，客家风情敬与虔。

（一）

我的家乡在段屋乡，它地处江西省赣州市于都县东北部，管辖九个行政村（寒信、上塘、枫树、段屋、围上、杜田、胜利、严岗、康梁），有138个村民小组，截至2018年，全乡人口2.7万余人。

段屋，以段屋圩得名。

段屋圩，自明朝建圩已有500余年历史。原圩址在今圩西约一里路的长龙坝梅江河岸上（至今还有遗址），因地形长且像龙而命名为长龙圩。

那时，因地势低洼易涝，人们经常无法赶集，后来就将街道迁建在一个小山坡上，坡下有戏台。初期店铺十余间，均为段氏子璋公后裔明初从车溪徙居段屋后所建和开设。随之"长龙圩"又叫"长隆圩"，隆，即盛大、兴盛之意。

　　长隆圩老戏台以上原是一个丘陵山坡，山坡上是富户"方十万"的油茶林。历经岁月，"方十万"后裔与段氏关系甚密，便将此油茶山赠予段氏子璋公后裔，从此该山坡归段氏所有。

　　清朝中期至1949年间，段氏从戏台左右两边逐渐向山坡上扩建商店24家，共有店铺38家，以后街市逐步扩大。

　　那时，在以水上交通为主的历史长河中，段屋盛产的石灰、煤炭都是通过长隆圩渡口用木帆船水运远销，上至宁都、石城，下抵赣州、吉安、南昌各地。与段屋毗邻的车溪、宽田、黄麟、梓山、岭背的乡民，每逢长隆圩日（农历三、六、九日，三日一圩），都聚在这里贸易交流，比肩继踵、人声鼎沸，热闹非凡，甚为繁华。还有那圩中古戏台，每逢重大节日，农历九月十三日七仙姑、财神寿辰庙会时，连续唱戏多天，吸引着成千上万人观演。

　　段氏家族在长隆圩市场贸易中，诚实守信、文明经商、买卖公平，从不欺行霸市，并且人们在这集市贸易中，人身和财产安全都能得到段氏家族的保护，这更赢得了四方乡邻众亲的好评。尤其在清朝乾隆年代，当地段彩、段廷遴两人先后考取进士，段氏在长隆圩影响更大。同治版《于都县志·城池志·圩市》记载，长隆圩为"段屋圩"，是全县十大圩镇之一，也是全县唯一以姓氏命名的圩镇。

（二）

瑶金山，平地矗起，峰峦韶秀，石灰岩陵盛产石灰，质量上乘，自古远销吉安、赣州、瑞金、宁都等地。峰顶一寺，此山先人称为"瑶金仙山"，诗云："出云降雨古名山，宝座浮空谁跻扳。八面玲珑金翡翠，原来此处非人间。"

我的家就在梅江河畔，瑶金山脚下段屋村桂林坑的桂新村民小组。

桂林坑，原名猪（方言"追"）林坑。村后山丘之势如一头大肥猪，"猪头"位于现纯白公祠堂，"猪尾"直甩老人坳与跃前相接，祠堂前面有口池塘为"猪槽"。

猪林坑，原先庄主是段氏甫学（字泮池）公之弟甫恒（字少恬）公之子文燮（字恢行）公，也是佃户朱、林两姓的客庄，后来猪林坑改名朱林坑。

段氏甫学公之孙世苁（字纯白）公，自明万历年间从车溪乡安塘来朱林坑，先协助叔叔恢行公遗孀曾氏管理庄园，后甫恒公"视侄子如子，以所置桂林坑田屋一处，付予耕作"。[1]

自世荩公徙居朱林坑始，生长子继标（字琼树）、次子继相（字惟吉），枝繁叶茂，后裔繁衍，人文代出。

随着佃户朱、林两姓陆续迁离朱林坑，世荩公后裔便将"朱林坑"改为"桂林坑"。桂，即月桂树，把月桂的枝条或花圈作为一种胜利或杰出象征，后来习俗以桂冠为光荣的称号，现指冠军。意为段氏纯白公在桂林坑落居繁衍后代，其裔留居桂林坑，后衍至段屋乡的围上、军屯上、墩子上、坳塘面、长隆圩等地。

桂林坑学堂，是段屋小学的前身，原名正义小学。民国元年（1912），纯白公后裔裘芬、裘英二公以垂云堂祭业在围上村墩子上创设私立正义小学。

家谱《裘英公家传》记载："民国元年与先考府君（裘芬）于墩子上，手创私立正义学校，公任校长职，喜为学生讲评古今人物、山川形势及世政得失，只眼远识，启发甚多。校中前后毕业学生有数班，迄今环段屋数十里中，所谓士绅之彦，如刘鸣仲、肖仲藩、家彩彰辈多出其门下。……"[2]

后正义小学迁桂林坑东头建校，有八个教室，改为桂林坑学堂。民国末年，绍洛公接掌，在桂林坑对面岗建校，将原桂林坑学堂搬迁于新校，即"民国二十四年

（1935）三月，段屋有小学2所（私立育英小学、段屋乡中心小学）"。[3]

新中国成立后，段屋小学得到很大发展，20世纪60年代末，开设初中班，名为段屋中小学；70年代初段屋中小学拆分为段屋小学、段屋初中。

"九十年代侨居美国的纯白公后裔绍汉公捐资为段屋小学建裘莆楼（裘莆即绍汉父裘芬公胞弟、绍洛公叔父），并捐资为段屋初中建慈母楼和两校（段屋初中、段屋小学）建围墙。现两校均具规模，为社会培养了大批人才。"[4]

在桂林坑纯白公后裔绍浩、绍汉两位先生的倡导，海鹏、坚忍、段遂和吴锦均等人的大力支持，以及海内外段氏宗亲的热心资助下，段氏家族于1992年设立了于都县段氏教学奖励基金会，旨在鼓励全县品学兼优的学生和积极教学、成绩显著的教师，推进于都教育发展。

2001年9月，段氏教学奖励基金会在于都中学举行十周年庆典大会。2005年，基金会改名为欣荣教学奖励促进会。至2009年8月，基金会共奖励师生506人，颁发奖金13.31万元。2009年10月，基金会捐资20万元，建"于都县罗坳镇三门圩欣荣希望学校"。[5]

注：

［1］选摘于《段氏七修谱》首卷《段公少恬先生暨德配何氏老孺人传》，第214页。

［2］选摘于《段氏七修谱》首卷《袭英公家传》，第243—244页。

［3］选摘于《段屋乡志》之《小学教育》，第184页。

［4］选摘于《段氏七修谱》首卷《正义小学与段屋小学、段屋初中》，第156页。

［5］选摘于《段氏七修谱》首卷《段氏奖学金》，第157页。

第二辑

童年的梦想，
艰苦的年代

充满童趣

年幼随母到豫章，唱歌跳舞走他乡。
荒灾流落宁都县，嬉戏顽皮心气扬。

（一）

我生于1954年9月28日午时。那时父亲正由宽田区政府调入县城关区工作。俗话讲"一人一福，带起满屋"，我们全家大小都跟着父亲过着快乐、幸福的生活。

1958年春，父亲几经周折，辗转到南昌修铁路，并负责于都工程部食堂工作，兼任食堂会议。

这年冬天，我4岁，母亲带着刚满百天的大妹和我，从于都搭长途班车来到父亲工作的城市——英雄城南昌。我们与父亲欢聚在一起，共享天伦之乐。

印象里南昌的冬天特别冷，我外套一件灰蓝色的小棉袄，穿着一条淡紫色印花小棉裤，脚上穿一双小皮鞋（方言叫嗑鞋）。茶余饭后，我经常在民工跟前念儿歌、跳童舞、唱茶篮、打龙灯、扭细腰、摆屁股，那滑稽的表演，引得大伙捧腹大笑。

其中几首家乡儿歌，至今记忆犹新：

老鼠子，哔哔叫

老鼠子，哔哔叫。

叫劳嘞（叫什么）？叫锁匙。

叫到锁匙来捂劳嘞（做什么）？开门子。

开开门子来捂劳嘞？拿刀子。

拿到刀子来捂劳嘞？倒（砍）黄竹。

倒到黄竹来捂劳嘞？织篮子。

织到篮子来捂劳嘞？摘黄栀子。

摘到黄栀子来捂劳嘞？染裙子。

染到裙子来捂劳嘞？嫁妹仔。

嫁的哪？嫁给枨背牛屎虫。

牛屎虫，打个屁，熏得妹仔冇哪饼（藏）。

骑马

马子嘟！嘟！嘟上宁都，

宁都一头草，吃哩马子堪堪饱（很饱）。

马子嘟！嘟！嘟下赣州，

赣州门口一眼（口）塘，一只鲤鱼八尺长，

哥哥吃哩作文章，妹妹吃哩做家务。

夜火迷（萤火虫）

夜火迷迷，夜夜来来。

借你牛，犁大坵。

借你马，下赣州。

赣州门口一朵花，多男多女结冤家。

另外，打茶龙灯的一首《拜年》我也是百唱不厌，还总是边唱边舞。

一个月后，母亲带着我们兄妹返回了家乡。

（二）

1959年6月，因一些变故，父亲未办手续而擅离岗位，从南昌返回了老家，由此，我们家庭走入了生活的困境，尝到了生活之旅的颠簸。

于是，1960年春，在我5岁时，因生活所迫，父亲带着全家老小来到宁都县琳池垦殖场汉口林场谋生。

童年的我无忧无虑，经常与小伙伴四处追逐、嬉戏，玩得不亦乐乎。

记得有天中午，我在外面玩得饥肠辘辘回来，中午用餐时，与妹妹争一小钵子米饭吃，妹妹哭声不止，母亲因此揍了我一顿。幼稚的我一气之下掀起床单，床上的火笼随之打翻，火种洒落，燃烧床单，祸及绒毯。母亲赶紧灭火。父亲见之，又打骂了我，并严厉教训一番，还对我讲了孔融让梨的故事。

通过这次教育，我认识到，从小要养成尊老爱幼的好品格，要懂得谦让，不要只想自己、不顾别人。从那以后，我再也没有挨过父母的揍了。

后来，父亲经朋友推荐，在琳池垦殖场当上了建筑工人，我们也随之迁往那儿。

记得在汉口农场通往琳池的山路上，春景美好，熏风四起。道路两旁，杂草丛生摇曳，山涧溪水，潺潺沥沥流淌。父亲挑着担子，母亲背着妹妹，奶奶拄着拐杖，我唱着儿歌，蹦蹦跳跳地走在前面。

一路上，我有时追赶眼前飞来飞去的蝴蝶，有时捕捉草丛中爬来蹦去的昆虫（如七星瓢虫、草蜢等）。

看着头顶两边高山密林留出的一丝蓝天白云，我真想变成一只小鸟，飞过高山，飞出密林，飞向蓝天，翱翔在广阔碧空。

当俯视那清澈的山沟流水时，我多想像流水一样，流出深山，淌进小溪（琳池河），奔入梅江，归存大海。

"爸爸，离琳池还有多远啊？"走了一个多小时，我有点困了。

"不远啦，已走了一半多的路了，快到了。加油！"父亲鼓励着我。

"我实在走不动了，咱们休息下再走吧。"我一边说一边就坐在路旁的一棵大树底下。

"也好！休息一下再走。我也走得有些累了。"奶奶也随声附和着。

父亲放下肩上的担子，母亲放下背上的妹妹，我们在树底下休息。

为了赶时间，我们歇了一会儿就又接着赶路。

年幼的我走了10多里路后，腿脚开始有些发麻酸痛。好在有父母和奶奶一路上陪伴着我，鼓励着我，我也坚持不懈，紧紧跟随着大人的脚步。

我们时而开心说笑，时而走走停停，稍息片刻，又继续吃力地行进。

经过两个多小时，我们行走了20多里山路，终于走出深山，来到琳池圩。我们在这儿安下了家。

琳池圩有一个电影院，凭电影票（5分钱或者1角钱一张）入场。父母经济负担较重，从不花钱带我去看电影。我和一些小伙伴经常凑在一起玩耍，只要电影院有电影，我们都会想方设法混进去看。

放映前，我们就先藏在电影院舞台底下（暗室）或趴在凳子下面。有时我们挤入进场的大人们中间混进去，有时拉着大人们的衣角（验票员认为是这人的孩子）跟进去。

但有些时候，放映前清场较严，被工作人员发现或入场时混挤在大人们中间被抓获，就会被驱逐出影院，失望地回到家里。

（三）

1961年2月，由于种种原因，父亲带着全家大小从宁都返回了故乡——段屋。

就在这年秋季，我已7岁了，从一个幼稚的顽童，迈进了知识的殿堂，由此跨出了人生关键的第一步——进入段屋小学一年级读书，开始了α、o、e的学习。

那时，没有幼儿园，直接上小学。写字用铅笔，没有文具盒。读书靠自觉，老师不补课。只有两本书，语文和数学。

那时，因为作业少，时间足够多，所以我们朋友多、游戏多、快乐多。和小伙伴们一起玩过的游戏有：捉迷藏、滚铁环（篾箍）、拍元宝（打纸板）、跳房子、摸瞎子、放风筝、抽（打）陀螺、跳绳、踢毽子、打（抓）石子、打坦克、丢手绢、老鹰抓小鸡、过家家、抬花轿送新娘、挤油渣（挤暖）、打电话等等。

那时，我们最喜爱看电影，路远奔波也无悔。没有板凳坐，站也乐呵呵。晚上，只要有电影，除邻近寒信、围上、胜利、严岗、杜田、康梁的村庄外，我们还到过梓山的大陂、塘贯、星明等地观影，甚至还渡过梅江河到车头（现改为车溪）石溪坝、上潮屋、大墩屋、车头圩等地观影。《地道战》《地雷战》《南征北战》《平原游击队》《铁道游击队》《万水千山》《冰山上的来客》《五朵金花》《英雄儿女》《打击侵略者》《渡江侦察记》《铁道卫士》《上甘岭》《狼牙山五壮士》《党的女儿》《红灯记》《智取威虎山》《沙家浜》《奇袭白虎团》《龙江颂》《红色娘子军》《白毛女》《草原英雄小姐妹》……我们不知看了多少遍，百看不厌，台词都背得出，歌曲都会唱。

…………

回想童年时代的日子，天真无邪，充满乐趣。

姓名奥秘

字辈延续丁兴旺，姓名随世伴平生。
先天不足后天补，抑旺扶弱心境明。

（一）

我刚上一年级开学报名那天，父亲送我去学校，一路上父亲叮嘱我说："咱们家是苦出身，苦家庭，受人欺，受人辱，要想抬起头，就要有真本事，就要好好读书。俗话说'一日为师，终身为父'，在学校要尊敬老师，听老师的话，诚实做人，刻苦学习，做一个好学生。"

父亲还告诉我："段屋小学是1935年创办的，它的前身是桂林学堂，也就在咱村子，而桂林坑学堂原名又叫正义小学。"

"正义小学为什么要改名称？"我打断了父亲的话。

父亲想了想，说："正义小学先在围上村墩子上办学，由于生源有限，停办后搬迁到咱们桂林坑东头建校，两层共有八个教室。这时由家族绍洛公接掌桂林坑学堂，亲任校长，并在桂林坑对面岗坪上建校，除教室外，配有教师宿舍、学生宿舍、厨房、膳厅。完工后，将原桂林坑学堂搬迁至新校，也就是现在的段屋小学。"

父亲还对我说："我读小学时，先在桂林坑学堂，后来在新建的段屋小学毕业，然后到本也学校（水头中学）读书。这些年来，段屋小学在党和政府的大力支持下，得到了较大的改善和发展。"

那时，我虽然还小，但是父亲讲述的这段段屋小学变迁的历史，我一直铭记于心，并为老祖宗创办段屋小学感到骄傲、自豪。

（二）

在我读小学期间，段屋小学的校舍是一座土木砖瓦结构的四合院，坐东北向西南，呈正方形，宽为50米左右，整个校园面积在2500平方米左右。校园内四条走廊柱用火砖砌成或木柱顶起。

校园东，中间是一个大办公室，办公室内左右分别有两间教师房间，进办公室左边的第一间是郭立珊校长寝室，右边的第一间是肖彬材教导主任寝室。办公室两边各有一间教室，靠北的教室旁还有两间长房间。靠南的教室边有个小便处连着外围墙，后来小便处被拆除，在那个位置上又建了一间教室。

校园南，原先有两间教室，后来在靠围墙角的西面又建了一间教室。

校园西，中间是学校的大门，大门左边有四间教师宿舍，右边有三间教师宿舍。

校园北，有两间教室和一间住房连厨房，另有个小侧门出校园外，路边有个后来砌的小便处。

校园内空坪用小叶女贞树把它分成"田"字型，形成四个小花园，每个小花园有桃树、芙蓉花树，另靠近办公室大门两边的小花园还分别种了一棵夹竹桃。

出了学校大门就是操场，这操场是我们学生上体育课、做课间操、集会和放学时整理队伍的场所。记得那时，每个生产队的学生，都要排好整齐的队伍，一起回到自己的村子。

操场往西南走过去是学校的菜园，菜园里有一口小池塘。上劳动课时，老师带着我们在那儿学种菜、拔鱼草等。

操场往西方向30米左右便是厕所。

后来，在厨房往西北方向走150米左右，靠近小溪旁边新建了一口水井，学校生活用水基本上靠这口井的水。

在没有电的年代，学校都是靠工友挑水来解决师生用水。

（三）

我读小学一年级时，教语文的是段德懋老师，教算术的是彭志鹏老师，校长是郭立珊，教导主任是肖彬材。

那时的学校教育教学管理极严，《三字经》曰："养不教，父之过。教不严，师之惰。"彭志鹏老师上课时，常常带上一根竹教鞭，如有学生讲闲话，他的教鞭在讲台上用力一拍，"啪"的一声响，顿时，教室里就鸦雀无声。甚至有时他还会走到吵的学生跟前，叫学生伸出手指放在桌子上，"一、二、三、四、五……"，用教鞭在学生手指上敲打几下。连作业做错了的学生，也要挨几下教鞭敲打。

我当时由于家里贫穷，连书包都没有，几本书用根绳子一捆，夹在胳膊下去上学。到了寒冬腊月下雨天，没钱买防水鞋，只有赤着脚上学，脚趾冻得又红又肿。到了学校，用屋檐下的雨水洗掉脚上的泥巴，再将双脚往裤脚边上擦干水，然后拿出妈妈做的布鞋穿上再进教室。

人穷志不穷，穷且益坚。尽管生活艰苦，但我能在学习中感到甘甜。

有天晚上，母亲缝着衣服，陪伴着在光线微弱的煤油灯下看书、做作业的我。她随便翻了翻我的语文课本，只见已讲的课文老师都写上了一个大大的红色"背"字。然后又翻了翻作文本和数学本，只见作文本的每篇作文老师都分别写着"选材新颖""中心突出""内容丰富""层次分明""语句通顺""生动具体""引人入胜"等批语，并且分数都在90分以上；而数学作业本上，每次作业都是100分。母亲看后，心里乐开了花，她鼓励鞭策我说："正因为家里穷，你更要努力学习，不要辜负父母的期望。"

父母的谆谆教诲，永铭心中，时时为鉴。我在小学读书期间，学习成绩一直在班里名列前茅，曾多次担任班委干部，每学期都能被评为"五好学生"（当时的"五好"包括德、智、体、美、劳）。

（四）

我读三年级时，父亲对我说："报名时要把原来的'地发'改为'德三'。"

"爸爸，我为什么要改名字呀？"我大惑不解。

父亲看了看我说："因为'地发'是你的乳名。一般姓氏按名都有字派，也叫派行或字辈。字辈表示家族辈分的字，多为名字中间的字，俗称'派'。字辈是中国传承千年的重要取名形式，也是中国古代一种特别的'礼'制，它一直延续到现在。所以取名的基本方法是采用'姓+字辈+名'格式。我们段氏在四修谱时增订的派行是'箕裘绍先德，宗泽长发祥'。你的高祖是箕凰，曾祖是裘禧，祖父是绍椿，我是'先'字辈，名叫'美'，即'先美'。从老谱派行一世祖吉郎到你已有二十九代，你为'德'字辈，而'三'就是你的名，即'德三'。'德'为品行、道德。儒家以'温、良、恭、俭、让'为修身五德。兵家以'智、信、仁、勇、严'为将之五德。有了高尚的品德才会被人所尊重。'三'，即三才者，天地人。孔子曰，三才者，天地人，上有天，下有地，人在其中，是以像天地般有容乃大，才可并称三才。天主气，地主精，人主神，核心是天时、地利、人和，是国家兴旺、事业成功的基础。我希望你长大后有德有才，诚实为人，回报社会。"

父亲耐心为我解释了一番，我豁然开朗。父亲对我的殷切期望，都在这个名字里。

"爸爸，那为什么我以前又叫'地发'呢？"我好奇地紧接着问父亲。

"在你刚出生不久，病魔缠身，吃什么吐什么，打针吃药也无济于事，病得皮包骨头，差点夭折。后来请算命先生为你算了一下八字，说你出生八字里命带将军箭关煞，好在带箭不带弓。但是还命带阎王关煞，俗话说，阎罗一出，索魂夺命，遇此关煞，不死也要脱层皮，凶者早亡，吉者多病。因此须祈拜地藏王菩萨为寄爷，保佑你逢凶化吉，平安健康。象征着苗从地发，树向枝分，根基稳固，健康成长，故取乳名为'地发'。"

"噢！原来姓名里面有这么多奥秘。"我倾听父亲的解释后，明白了许多。

开学报名时，我便用了"德三"这个名字。

谁知上数学课时，每当老师在黑板上演算乘法 1×3 时，同学们总有意识地看着我，且异口同声地说"一三得三"，尤其是我座位周围的同学，还要故意把嘴巴凑到我耳旁说"一三得三"。甚至在平时，还有些同学不叫我的名字，直接叫我"一三得三"，叫得我心烦，听得我意乱。

后来我未经父母同意，直接将名字"德三"改为"德山"，意为恩德如山，要懂得父母、老师的恩德之深，比山还高，并且要懂得知恩、感恩、报恩。另《后汉书》有句"德音流千里，功名重泰山"，意为好的德行和声誉能远扬千里，功业和声名比泰山还要重。

（五）

1966年冬，我正读小学五年级，是班里的文艺委员，还参加了学校的文艺宣传队。那时中美关系持续紧张，中苏关系逐步恶化，由破裂走向敌对，中国的周边环境由于美国和苏联的压力也趋向紧张。美国在对越南侵犯的同时，其飞机舰艇不断侵入我国的领空和领海，进行猖狂的军事挑衅。中国面临战争的威胁更加严重，随时都有可能发生战事。

那时为响应"备战、备荒为人民"的号召，学校要求每个班都要有一个文艺节目，到段屋圩舞台上会演。我们五（1）班的班主任谢燕唐老师安排我与另三个同学一起排练了一个节目：众口词《练兵场上》。

经过一个星期的排练，我们将台词背得滚瓜烂熟，动作表情也达到了老师对我们的要求。

我们去演出的那天，头上裹着一条毛巾，上身统一穿着一件老式传统布纽扣衣服，手上持着一支假长木步枪，脸上化好妆，扮成民兵。如今有段台词还记忆犹新：

．．．．．．．．．．．

领：我们是保卫国家的后备军——民兵，在

社会主义建设时期

　　合：我们是一支不可忽视的重要力量

　　领：面对帝国主义战争的威胁和军事挑衅，

毛主席向全国人民发出了号召

　　合：备战、备荒、为人民

　　甲：为捍卫国家主权

　　乙：为保卫祖国

　　丙：我们要加强训练

　　领：在白天

　　众：练！（动作：持木枪刺杀）

　　领：在黑夜

　　众：练！（动作：持木枪刺杀）

　　领：一年四季

　　众：练！练！练！（动作：持木枪刺杀三次）

　　领：我们要练好过硬本领

　　众：保卫祖国，保卫家乡

　　领：不管侵略者从天上来、地上来，还是从

海上来

　　众：我们都把他彻底消灭干净

　　领：我们要响应党中央和毛主席的伟大号召

　　众：全民皆兵，召之即来，来之能战，战之
能胜
　　　…………

　　这是我们第一次登上舞台演出。刚上台演出时，俯视台下观众，人头攒动，我们心里确实有些惶恐。但我们互相打气，振作精神，沉着应对。最后在学校会演节目评比中，我们的节目获得了一等奖。

　　这次参加学校文艺会演，我的性格变得更加活跃了，既锻炼了胆量，又增强了自信心。

俭以养德

衣缺遮身穿破裳，食无果腹吃糟糠。
贫非学俭且能俭，穷不怨言不恐惶。

由于家庭生活贫困，我从小就知克勤克俭，替父母分忧，为家庭尽力。黎明即起，洒扫庭除、带妹抱弟、洗衣浇菜、捡粪积草、弄柴做饭等等，除上学读书外，活儿忙个不停。

早上父母要去生产队出工，留我在家做饭。母亲临走前交代我说："按照咱们家的粮食算，每天最多只能煮1.5升米（1升米折1.5斤），这米包括早上煮米捞饭，然后蒸好的饭要吃两餐，另饭汤留点煮粥早上吃。只有这样，才能吃到下个月生产队放口粮。"

当时，我算了下，平均每人每天不到四两米。

那时14岁的我想起课本中的谚语："一顿省一口，一年省几斗。有时省一口，无时当一斗。"

于是在每天早上煮米前，在本身就很少米、不够吃的情况下，我都会偷偷先用手抓两把米藏在楼上的一个小罐子里。

待一个月下来，生产队还没及时发放口粮，接济不上，父母正在发愁不知怎么办时，我却高兴地说："爸妈，我会变魔术，能变出米来。"

"哈哈！谁信你这一套，你有这个本事，我们就不用愁了。"母亲笑了笑，看了看我，没当回事。

"那好吧，我就变给你们看，让你们开开眼界。"我边说边走上楼，把藏好的小罐子抱了下来，双手把盖好盖的小罐子展示在母亲跟前说，"你们看，我开始变魔术了，这罐子里面能变出米来。"并且口中念念有词："变——，变——"

最后我把小罐子递到母亲面前，母亲双手接过小罐子，朝罐子里面看了看，真的有大米，惊讶地"啊"了一声。

"你这罐子里米究竟是怎么来的？"母亲惊奇地问我。

我把米怎样"变"来的经过一五一十地讲给父母听，他们听后，伸出大拇指夸赞我，眼里流出欣慰的泪水。

这样，家里就又挺过了两三天，恰好生产队发放口粮了。

从那以后，只要是我在家煮米做饭，都会这样去"俭"米。但有时粮食实在太少，根本没法去"俭"。虽然那时生活贫穷，吃不饱，穿不暖，可是童年的我对父母毫无怨言，而且对明天充满着期望，也相信未来是阳光的、美好的，感觉其乐无穷。

《新唐书·马周传》记载："'贫不学俭，富不学奢'，言自然也。"释意为：穷，不必学节俭，而自会节俭；富，不必学奢侈，自然就奢侈。节俭和奢侈的生活作风，是在不同的生活环境中自然形成的。这句话强调条件的制约和环境的影响。

节俭是一种美德，更是一种优良的传统文化，是提升思想道德素质的一个途径，节俭也是持家之本。

情系盲人

催泪潸然悲惨刑，缘由三代系盲伶。
渴时一滴如甘露，涂炭生灵恩永铭。

（一）

1964年秋，我已读小学四年级了。一个星期六上午，我放学回家吃好饭后，父亲对我说："地发，今日下午带你去一个地方。"

"去哪里呀？"我好奇地问道。

"离长隆圩十里路左右，岭背公社燕溪大队的野鸡坑。"

"噢，我知道了，你要带我去抓野鸡，是吗？"我很高兴地抢着说。

"不是去抓野鸡。野鸡坑是一个村庄名字。"父亲接着说，"传说很久以前，那里是一片茂密的树林，树林里有许多野鸡，人们称这地方为野鸡坑。后来这片树林慢慢地被毁了，生态环境遭到人为破坏，野鸡也就飞走了。"

"唉！那里没有野鸡，我不感兴趣，咱们还去那干吗？"我叹了一口气，极为失望。

父亲看到我失望的样子，和颜悦色地道出了他很早就想跟我说的一段家事：

"说来话长，这还得从你爷爷说起。你的爷爷生于光绪二十年（1894）。爷爷家里贫困，过着衣不遮体、食不果腹的日子。少年时靠为南嶂山寺化缘百家观音米和牵盲人算命先生来贴补家里生活，早起晚归，年复一年，极其辛苦。成年后娶了梓山镇塘贯村溪背刘延荣公女千姑，也就是你奶奶。婚后生了三子四女，我是老三，其中两个哥哥和两个妹妹都早夭了。"

父亲说着眼角泛起了泪光，看了看我，继续缓缓道来："听你奶奶说，我在刚出生不久，得了一场大病，危在旦夕。是你爷爷从长隆圩，也就是现在的段屋圩，带回这位算命先生，为我推算了四柱八字，说我是大凶大吉的命，需认继（义）父才能逢凶化吉，逃过此劫，永保平安。于是你爷爷奶奶就让我拜他为继（义）父，并举行了祈拜仪程。这招真灵，不久我便转危为安，继而健康成长。"

父亲接着说："这位算命先生每逢长隆圩时，就到街上寻个地方搬张凳子坐下，然后为过路人算命。有时在邻近村庄为人家算命，就会来咱们家膳宿。你爷爷52岁时去世，我那时也才九岁，年过半百的奶奶带着我们几个孩子艰苦度日。好在这位算命先生慷慨解囊，他虽只是靠给人算命挣点小钱，自己的手头也不宽裕，但却常常接济咱们，才使我们一家熬过了那段艰苦的岁月。后来，我只要有空闲都会牵他去算命。"

父亲说完，望着我，并嘱咐道："现在家里事情比较多，我忙不过来，你也长大了，这个任务就交给你了。"

"噢！原来就是我常见的那位来咱们家的盲人。"我心中了然。

"下午我就是带你熟悉一下去他家的路。我的这位继（义）父，从你爷爷认识他开始至今有三十余年了。他算命赚钱，微薄收入来之不易，却为咱们这个家庭付出了许多。俗话说，渴时一滴如甘露，滴水之恩当涌泉相报。他是咱们家的大恩人啊。"父亲愈说愈投入，愈说愈激动。

"那我怎么称呼他呢？"我听得入神了，凝望着父亲问道。

"你叫他'老佬'就是了。"父亲停顿片刻，想了想随口对我说。

听了父亲这番话，我豁然开朗，原来爷爷和父亲两代人都与这位盲人有缘，看来我也与他有缘了。

（二）

下午，父亲带着我沿着梅江河岸，经过长龙（隆）坝，来到石下小木桥。只见那桥横跨段屋河，河水流入梅江，石下桥长10多米，宽不足1米，离河面高度约5米。

刚上桥，我低头往河下一看，两脚似踏在那哗啦啦的河水上面，吓得我浑身颤抖，只得赶紧退回岸上。父亲见状，便伸手扶着我缓缓过了小木桥。

随后，我跟着父亲穿过山脚下的一个茶亭，沿着一侧靠山、一侧临梅江的崎岖羊肠小道走了一段路，在两个池塘之间父亲停了下来。

父亲指着远处一座逶迤绵延、山势雄伟的山岗告诉我说："这个地方叫老虎跳墙，你看远处那山像只要奔跃过梅江的老虎，被梅江河岸的这座小山挡住了去路。"父亲边说边指了指身旁一座靠近梅江刀削似的小山岗。

父亲接着讲了"老虎跳墙"的传说：

据传，在很久以前，石下村庄岭岗上藏着一只凶猛的老虎，白天躺在树林丛中，一到黄昏便窜出来袭击来往行人，多年来不知有多少人在虎口下无辜丧生。因此，这一带的人们谈虎色变，个个对它恨之入骨，都想除掉这地方大害。然而，多少年过去了，一个个出去打虎的英雄壮士都不见回来。当地笼罩着一片阴云，人们纷纷祈求神明开恩，保佑乡民平安无事。乡亲们虔诚的心感动了神灵，玉皇大帝就派了雷公电母下凡了解真情，协助除害。一天傍晚，那只凶恶的老虎又从山林深处窜出来觅找行人，这时乌云翻滚、雷电大作，老虎被晴天霹雳震得晕头转向。这时，雷公电母代天行道，对准老虎的左眼一阵闪电雷鸣，老虎的眼睛鲜血直流，被雷击瞎。这时老虎发出震天动地的吼叫声，跳跃起来，正准备跃过梅江河岸上这座小山岗，向梅江河北岸逃走时，只听见轰隆一声巨响，小山岗顿时被劈了一半。而那只老虎则脑浆迸裂，瘫倒在山岗前，它身边陷下了一个深窝，左右留下两个深坑……第二天，人们惊奇地发现，在一堵刀削似的矮墙（山）前不远，老虎变成了一个虎形山岗，左右分列着老虎的前爪，中间留下一个深窝，窝前左右的两个深坑已经变成了一清一浊的两口小池塘。

据说，那清浊紧靠的两口小池塘，就是老虎的双眼。清水塘是老虎没有瞎掉的那只右眼，无论刮风还是下雨，池塘之水都清澈如故。老虎那只被雷击瞎的左眼，则变成了一口终年浑浊不清的池塘，而且就算风和日丽，池塘水也是终日浑浊。更有趣的是，清水塘中养的鱼味道咸，而浊水塘养的鱼味道却鲜嫩甜美。

被上天制服的"老虎"已乖乖留在这里，前面是一堵它永远跳不过的矮墙（山）。后来人们便称这个地方为"老虎跳墙"。

听完这个传说后，我仔细观察了这两口小池塘的水，确实是左浑右清。远处的那座山似老虎躺在那儿，前爪趴地待立，后爪挺伸欲跃，一条长尾巴，一圈圈黑纹，盘甩屁股后面。虎视眈眈，形态逼真，静守时光，以待流年，韬晦待时，欲重跳墙。

不知不觉地父亲带着我经过了康梁坝，又过了个茶亭，然后在一个小山岗下绕着小道走了一程，最后就到了野鸡坑村庄。

（三）

那时，野鸡坑村庄是"七"字形，父亲带着我经过村庄前面的一排坐南朝北的房子，大概有六七栋。这排房子的前面都是禾坪（晒场），我们从其中一栋房子的大门走了进去。长长的厅有30多米长，分上、中、下三厅，两厅之间均有一口露天的天井，利于采光之用。而老俫的家就在我们进门前厅的天井右边，一扇小门进去。只见这个家就是一个长方形小房间，长约6米，宽不到3米，有个大约1米高0.8米宽的木栅窗户，微弱的光线从外面透进来，房里显得十分阴暗。窗户下靠墙放了张小桌子，床靠窗户下左墙，老俵坐在床沿边上用一根长长的烟筒吸着晒烟，房间内烟味浓烈。平日里做饭、睡觉都在这简陋狭小且昏暗潮湿的房间，就连那个便桶也都融为一体。

父亲先向老俵问好，然后拉着我来到老俵跟前说："我带地发来了，以后地发若有时间，由他带你去为人算命。"

老俵伸过来一只手抚摸着我的头说："地发，你真乖，以后要辛苦你了，给你添麻烦了。"

"嗯！我会听老俵的话，尽力照顾你的。"我望着老俵点了点头，他似乎看见我点头，会心地笑了笑。

这天晚上，我和父亲与老俵三人挤在那张小床上睡，待我醒来已大天亮，父亲早已返家了。

我留下来服侍老俵，为他劈柴、烧火、做饭、洗衣服。早饭后，我牵着老俵去附近村子为人算命。虽然他看不见，心里却挺清楚，每到三叉路口，都会告诉我走哪条路便能到某个村子，我真佩服他的灵性和超人的记忆力。为人算命时，他手指一掐一算，便知几十年前农历哪个月大、哪个月小和二十四节气交接时间，脱口而出、分毫不差，真是了如指掌。在推算人的四柱命理时，胸有成竹，断事如神。

因第二天我要上学，下午便要赶回家去。在返家十几里的路上，初次走不熟，却没迷路。当走上独木桥时，看见桥下河水，两腿发抖。我不得不俯下身子，蹲着过了独木桥。

从那以后，每当周末有闲，我都会去老佷家，而石下的那座独木桥，却锻炼了我的意志与胆量，慢慢地能在桥上站立行走了。在那风风雨雨的日子里，受老佷的影响，我幼小的心灵从此便打上了"谋事在人，成事在天"的命理哲学的烙印。

（四）

暑往寒来，年深月久，慢慢地我对老佷也了解了许多。他生于清光绪二十七年五月初六（1901年6月21日）谢氏家中，父母生了他们兄弟四人，老大星煌，老二常青，老四程生，他排行第三，乳名就是"老三"，学名馥生。馥，本义香气散发、芳馥，又比喻美好的文辞、品德等。"馥生"含义是：祖先的恩惠、赏赐代代相传，后代文化渊博、品德高尚。谁知他辜负亲人众望，荒废堕落，以致落得终身眼残。

　　原先老俅受过很好的教育，四兄弟当中，唯有他有"墨水"，多读了些书。他年轻时在村办私塾学堂任教，学生多为富家子弟。先教学生识"方块字"（书写在一寸多见方纸上的楷书字），学生识字千字左右后，他就教读《三字经》《百家姓》《千字文》《弟子规》等，亦有直接读"四书""五经"的。在封建社会，只有研读了这些书的人，掌握了一定的基础知识，才能去参加科举考试，从而获取功名。由于科举考试深入人心，私塾很受重视，老师备受尊重。

　　在当时来讲，这个村庄里唯有老俅学历较高，算得上一代文人佳士。他学富五车、出口成章、落笔成文，一手好字颜筋柳骨，名扬乡村，加上他身材魁梧，一表人才，众人都对他肃然起敬、五体投地。

　　然而，老俅却不以己为荣、不洁身自好，反而狂妄自大、胡作乱为。在外寻花柳、抽大烟，在家虐妻室、欺手足。夫妻不和，兄弟阋墙，以至经济链断裂，起歹心偷盗家中耕牛。在卖牛途中被宗亲和族人们逮个正着，把他五花大绑押送回村。

　　族长亲自审讯，老俅死不认错，毫无悔改之心。于是族长决定对他施以酷刑——挖眼，众亲将他五花大绑，挖眼一只，以警示后人。他不但不反省，反而变本加厉，口出狂言要戮杀兄弟。这更激怒了族长和宗亲，他们不顾老俵母亲的号啕大哭、跪拜乞求，还是把老俵绑到梅江河边沙滩上，把他另一只眼睛也挖了。这种酷刑对人造成的疼痛和严重后果都是令人难以承受的。

被挖掉双眼后的老俵生不如死、悲痛欲绝，在沙滩上痛得滚来滚去，哭声撕心裂肺，血溅满身洒遍沙滩，其情其景，惨不忍睹。为防治感染，有不忍心的宗亲把老俵及时送到医院，为老俵致残的眼睛清洗、消毒、敷药。

（五）

老俵眼睛瞎了，从此再也看不见光明了，饮食起居都是他母亲伺候。他母亲去世后，便由二嫂照料。从长计议，兄弟们便送他拜师学四柱八字，为人算命挣些零钱维持生活。待后来生活上慢慢地适应了，便自理自立、独自生活。他洗切炒菜、劈柴做饭、洗衣缝补、打扫卫生……做起来得心应手。

记得我在老俵家过夜时，每当夜暮降临，本村周围的人便陆陆续续来到老俵的小房间里。年龄大的有七八十岁，小的有十多岁，也有的带着几岁小孩来。若床沿、凳子上都坐满了人，他们便到外厅，搬凳来坐，实在无处放凳，便靠墙站一站。他们来这小房间，主要是听老俵谈天说地、言古道今。由于老俵才华横溢，能说会道，讲叙历史故事娓娓动听，加上自己经过一劫后，如梦惊醒，明白了善恶的因果报应，是警示人生的反面教材，因此，他常教诲人们要诚信善良、积善积德、勤俭节约、遵纪守法，要起好步，走正路，不蹈他的覆辙。

在老俵的小房间里，人多聚一起，交流感情，畅所欲言，解惑增知，受益匪浅。所以，不管是炎热的夏天，还是寒冷的冬天，只要老俵在家里，晚上他的房间里都聚集了许多人，大家知无不言、言无不尽，一直聊到深夜才尽欢而散。

（六）

每次我到老俵家，都会去找比我小一岁的童年伙伴——老俵的侄孙金水玩。有时在他家吃饭，有时晚上和他一起看书写字，经常聊天到夜深，共眠到天亮。听金水说，他命理八字欠"金"又少"水"，老俵为他取名"金水"，在五行中，金又可生水。若周末我没有来老俵家，都是由金水牵着老俵去走村子为人算命。有时周末逢长隆（段屋）圩，金水也会牵老俵到街上算命，并在我家食宿，次日一大早又牵着老俵回去。

　　我随老俵五年光阴有余，我们一家三代与他有缘，结下了深厚感情，情逾骨肉。老俵于1969年11月21日病故，享年69岁。

挑脚路上

昔日两江帆竞发，从来男女挑无闲。
于都今日万车畅，乡镇村村硬路还。

20世纪60年代，于都县公路寥寥无几，段屋乡没有一条公路。那时贡江、梅江沿河两岸是赣南物产比较丰富的地区，它们是于都运输大宗货物的主要河流，如陶器、竹木、石灰、煤炭和农产品等的外销运出，以及农民所需的副食品、日杂生活用品和农业生产的农药、化肥等的内售运入。

梅江下游航段的车溪、段屋沿河两岸的工矿企业有瑶金山石灰厂、铜锣湾煤矿、排脑轧花厂和段屋圩的陶器厂等。那个年代，这几个乡镇（公社）生产的石灰和煤炭有二十多万吨，在陆地交通不便的情况下，都是由人力挑脚（旧时指专替人挑担以维持生活的职业，亦称"挑夫"，流行于南方各地）一担担挑到木帆船上，再由木帆船沿两河水路运往县城（于都）、宁都、石城、瑞金、赣州和吉安、南昌等地区。

1966年冬，我12岁，懂事理，明善恶，"入则孝，出则悌"。当看见一些大我一两岁的童年伙伴都会去瑶金山石灰厂、铜锣湾煤矿挑脚，挣点钱帮父母解决家里一些生活费用时，我也想去挑脚。放寒假后，机会来了。记得那天父亲说要去梓山公社山塘大队下刘屋山煤矿挑脚，我便拉着父亲的手，恳切地说："爸爸，我也要跟您去挑脚，带上我吧。"

"儿啊，你还小，正在长身体，不要累坏了身体，挑脚很辛苦的。"父亲抚摸着我的头，既心疼又关心。

"我看见许多伙伴他们都会去挑脚。我不怕苦，不怕累。挑不起，少挑些。走不快，走慢点。挑累了，歇歇走。我慢慢锻炼就是啦……"为了要去挑脚，我毫不示弱，尽量说服父亲。

"好吧，既然你想去，那就试试看吧。"父亲拗不过我的请求，便答应了。

翌日，吃过早饭，我们就出发了。严寒的冬天，太阳虽然升起，但还是寒风凛冽。我在父亲的带领下，挑着畚箕，冒着刺骨的北风，踏上了挑脚的路途。

我们来到下刘屋，与许多挑脚工共租了老表一间大厅。我们先在地上摆上一层稻草，然后铺上席，放好棉被，打地铺，滚着睡。这里还办有私人食堂，专门提供挑脚工用餐。

下刘屋山那里煤炭资源丰富，社办、队办企业都在那里采煤，这些煤都是由人力挑到约两公里的贡江北岸上埠头码头装船，再由木帆船运往各地需要煤的地方。

当日下午，父亲和我赤着脚，挑着畚箕，沿着山路，来到山上采煤处。往山下俯首一望，只见从山上到山下的小路上熙熙攘攘。有男的，有女的，有老的，有小的。他们都不顾寒风侵袭，只为养家糊口，行进在挑脚的路上。

这是我第一次挑脚，我先用畚箕在煤堆上装些煤，再试试能否挑得起。太轻了又装些，太重了减去点，就这样试来试去。当肩膀感觉能承受时，挑起就走。由于身轻担重，腿短路长，刚走到一里路左右，感觉肩上担子愈来愈重，只好两肩不停地换着挑。

又走了一段路程，两腿便不听使唤，只好放下担子歇歇再走。这使我真正体会到挑脚确实是"上磨肩胛下磨脚"的活儿，百步无轻担啊！

因为是开头第一担，人生路不熟，所以父亲挑着担子一直陪着我走走歇歇。走了约一个小时，才把煤挑到上埠头码头上船。称得煤有51斤，运费0.15元/百斤，正好挣到7分5厘钱。

父亲看着我欢悦的样子，笑着对我说："俗话讲，挑得重，抖抖动，挑得轻，乐哈哈。下一担不要挑那么重了。"

挑第二担，路已熟悉，便叫父亲不要陪我走了。与第一担相比，少装了许多煤。走起路来两肩感觉轻松，两腿更有力，步子迈得大而快，中途只歇了一次，很快就到了码头。称称有40斤，又挣到6分钱。这天下午，我一共挑了5担煤，总共挣了差不多4角钱。

第二天吃过早饭，父亲又带我上路了。只见地面被昨晚的霜冻住，那刺骨的寒风不时向我们袭来。我赤着脚，挑着担，每走一步，两脚犹如刀割。我咬紧牙关，忍着痛苦，坚持不懈地走着。

这天傍晚收工时，我细细一算，高兴地对父亲说："爸爸，我今天挑了11担，挣到7角4分钱，正好能买一斤猪肉。按这样计算，十天我就可以挣到十斤猪肉钱，今年过年咱们家就不愁没猪肉吃了。"

父亲看着我那双冻得又红又肿的脚，心疼地说："孩子，爸爸无能，对不起你，让你这么小小年纪就出来挑脚，你受苦了。"说着说着，泣不成声。

这天晚上睡觉，我感觉到肩膀和腿脚酸，疼痛难受，但由于极度疲惫，很快就进入了梦乡。

一觉睡到早上起来，我对父亲说："爸爸，我的肩膀和腿脚还是很痛，腿好像打断似的，肩膀用手轻轻一压都痛得要命。"

　　父亲忍着心里的酸痛，强作笑脸逗我说："俗话讲，三天肩头四天脚，五天过来笑呵呵。你刚开始做这样的挑脚苦力，需经三四天的磨砺，待五天以后便能适应，肩和脚才不会疼痛。要么今天休息一天，明天再看看身体如何？"

　　"既然这样，我就不休息，更要去磨炼磨炼。"我抖擞精神，乐以忘忧地回答父亲。

　　那几天，由于肩、脚痛得厉害，每天都少挑两三担，每担又挑得轻些。这样慢慢地坚持到第五天，果真显灵，肩和腿都不疼痛了。我挑着煤，轻松自如，疾步如飞。

　　正当我们挑脚怡然自得时，天不作美，连续几天下起细雨，我们这伙挑脚工只得停工。

　　在往后的一些年里，只要有挑脚处，我都会跟随那些童年伙伴，成群结队去挑脚。那时，瑶金山的石灰、铜锣湾的煤炭，我们也不知挑了多少去梅江河的船上。

　　更有趣的是我们看见的梅江、贡江河上百舸争流、千帆竞发的场景。当逆水行舟时，一个个纤夫屈着身子，背着纤绳，荡荡悠悠，一步一叩首，在河岸的纤路上，时而贴高山爬，时而沿溪河行，断断续续，附崖贴壁，艰辛行走。不管是盛夏酷暑，还是隆冬严寒，他们都视若等闲，习以为常。

特别是当船在河的水浅处被困时，这些纤夫还要脱掉衣服下河去，用他们的肩、背推动船，使船离开水浅区。他们没有别的乞求，只盼快点到达目的地。

岁月如流，五十多年前的挑脚往事，在生命的长河中一瞬即过。如今，改革开放四十年以来，全国陆地交通运输发生了翻天覆地的变化，挑脚已成为历史。

瓦棚生活

学梦无圆心不安，学徒艰辛尽难言。
窑棚砖瓦度时日，啼饿号寒向野喧。

（一）

砖瓦窑是历史长河中物质文明进步的承载形式之一，也是人类远祖由"上古穴居而野处"，走向上栋下宇的源头。

这些不起眼的砖瓦窑，在过去几千年的沧桑岁月中，曾是中国山水间一道道独特的景观，经它们烧制出的成品，成为古城乡建设的必需品，也为中国古建筑文化的发展做出了不可磨灭的贡献。

如今，为保护耕地，保护生态，保护环境，淘汰落后产能、工艺和产品，禁用黏土实心砖、瓦，发展新型环保墙体材料，曾经兴盛一时的砖窑瓦窑淡出了我们的视线，成为历史。

我在砖瓦窑棚中度过了不平凡的艰苦岁月，那里留下了我太多儿时的记忆。虽已过去五十余年，但那一桩桩尘封的往事和一幕幕曾经的场景，至今回想仍然历历在目，温馨如昨。

（二）

1967年春，因社会和家庭的种种原因，13岁的我小学毕业后回家干农活了。那时我只有含泪告别母校，以微笑祝福同伴。但每当看着同龄人背着书包高高兴兴地去读书，我的内心充满苦痛。难道上天安排给我的命运就是这样的吗？难道我的求学梦就这样破灭了吗？有时想着想着，泪水簌簌直下。

正当我惆怅而独悲时，父亲为我在长仑生产队找了位本家的做瓦师傅，让我跟他去提瓦桶（学徒做瓦）。他名叫绍生，35岁左右，比我父亲大4岁的样子。论字辈，我该叫他爷爷。

当时，我痛哭流涕，哀求父亲："爸爸，我还小，不想去提瓦桶，我还想读书呀。您能不能想办法再让我进校门，让我读书吧。"

"不是我不想让你去读书，只是家里人多劳动力少，负担太重。加上我身患重病，经济困难，需要你去挣钱维持生活。早日学到本领，为家庭减轻负担。我也是不忍心，眼睁睁地看着你失学。但家庭经济条件限制，不得不这样做啊！"父亲听了我的哀求，满脸泪痕。

"爸爸，我去，我听你的，你不要流泪……"看到父亲异常沮丧、无能为力的样子，为了帮助父母度过那艰辛困苦的日子，我答应了父亲去提瓦桶。

（三）

记得那天早上，母亲特意煮了两个荷包蛋为我送行。

我跟随师傅来到做瓦处。窑棚设在离段屋圩约五里路的梅江南岸，是钓潭和白石角两个村子的人凑份子办起来的。该窑棚共有八人：制瓦有两副车盘，各两人，我跟师傅一副车盘；制砖一人，搬砖一人，踩泥工一人，还有一位做饭的。

那时师傅告诉我，制砖瓦的七道程序是选泥土、踩泥、制砖瓦坯、装窑、烧窑、洇窑、出窑。砖瓦质量取决于三个因素：

首先取决于泥土。泥土黏性太强，做出的砖瓦会变形；泥土黏性太差，做出的砖瓦经不住风雨。泥土更不能有石子，也不能用潮汐沙泥土。

其次是师傅做砖瓦的技术和徒弟收砖瓦的本领。

最后是烧窑的火功和水功（那时看火、看水的是我师傅，他是瓦窑的主人）。窑烧嫩了，瓦没烧好还是泥巴；窑烧老了，瓦就会变形，甚至黏成一团。烧窑至少要三天四夜，等到窑内的砖、瓦坯烧得透亮的时候，火候就够了，这时就得封闭窑门，让通红的砖瓦继续在窑里闷烧一段时间。闷窑后开始洇窑，水在窑的顶部从三个烟窗的小缝往下淌进窑内，变成水蒸气，水蒸气把瓦慢慢从火红变成青灰色或白灰色。若火功与水功不到位，砖瓦就会变成红色或黑色的次品甚至废品。只有火功与水功同时到位，出窑后是青砖白瓦才算正品。

制砖瓦坯，需要用到瓦桶，有点像木桶，底比口稍大一些，圆台形状。瓦桶外侧钉了四根细而尖的小竹片，将瓦桶四等分。在瓦桶与泥的结合处，有一块与瓦桶同等大小的布套，秘诀就在布套上。此布套又叫瓦衣布，它能在徒弟取瓦桶时，让瓦坯与瓦桶不会黏合在一起。

师傅耐心地教我在瓦桶上怎样套瓦衣布、放瓦桶、起瓦衣布、收瓦坯、堆瓦坯等等。这些工作，唯有掀瓦衣布有技巧。掀瓦衣布若不小心，力气太大或没把瓦衣布掀正，瓦坯就会倒地，几片瓦坯会黏在一起破烂，白费工夫，前功尽弃。

在师傅的指导和演示下，我反复练习、琢磨，最后掀瓦衣布熟能生巧，轻松自如。

每当师傅在转盘上做好一桶瓦坯，我必须赶紧把做好瓦坯的瓦桶提走，将另一只套好了瓦衣布的瓦桶放在转盘上，飞快地跑到晒场上，把瓦桶放在地上。

接着将瓦桶一手柄往内一推，两柄交叉靠拢，取出瓦桶。然后将瓦坯上的瓦衣布轻而快地从底处掀起来，像圆台的四片瓦坯就落在晒场上。

最后将瓦衣布内侧用细沙略拌和一下，套回瓦桶，两柄一靠紧，就又将空瓦桶换师傅做好瓦坯的瓦桶。

这样一来一去，不停地奔走，不停地弯腰放瓦桶的瓦坯。

师傅最快一分钟可做两瓦桶瓦坯，一天能做900—1000瓦桶瓦坯，也就是每天可做3600—4000片瓦坯。

待圆台形瓦坯晾干后，轻轻一拍就成了四片瓦坯。所以，我不仅要提放做好瓦坯的瓦桶，同时，还要把晒场上晾干的瓦坯收好并且上堆。

每天我都是早起晚睡，一天下来紧张的劳动累得我腰酸背痛，后来慢慢适应，也就习惯了。

到了寒冬腊月，飒飒寒霜，漫漫朔雪，冻得我双手红肿裂口，手上血与泥混在一起，不忍直视。

那时，我们住的窑棚是用木料搭起来的，呈"人"字形，上面盖的是稻草，每当刮风下雨，稻草若被吹乱或不严实，偶尔还会漏水。

记得有次晚上下雨，我被冻醒了，发抖直哆嗦，双手一摸，原来是漏水把棉被给淋湿了。

当我第一个月领到六元工资交给父亲时，他紧紧抱着我，眼泪直淌。想想我这么小的年纪就要开始承受家庭生活重担，心中有苦，无处倾吐。

（四）

在钓潭、白石角烧窑学徒，风风雨雨、艰难困苦地熬过了一年。1968年冬，我被师傅推荐到于都城郊公社古田大队林屋的一位师傅林振兴跟前做学徒。

窑棚设在黄龙（麟）公社龙背大队坪山的山坳上。它四面环山，离家有二十多里路，山路崎岖，翻山越岭，走路要三个多小时才能到窑棚。该窑棚也是坪山村民凑份子办起来的。

我年小离开亲人在遥远偏僻的山区做学徒，历经千辛万苦，饱尝风风雨雨。每当夜降，想起父母弟妹，千头万绪，夜不能寐；但有时又想，我已长大，能为父母分忧解愁，减轻家里负担，每月能为父母挣到六元钱，又感到欣慰。

那时，由于家里人多劳动力少，欠生产队超支款1000多元。生产队干部看中了我家这唯一的经济来源——我的六元学徒工资，便要父母每月先交五元超支款才能放口粮。为这事，父母与他们论理也无济于事。粮食是命根子，父母不得不交了这五元钱。

俗语说：祸兮福伴之。生产队这一做法，促使父母如梦初醒，蓦然领悟到，才十几岁的孩子就这样开始为还超支款而弃学漂泊学艺，何日才能了结。于是父母横下一条心，想方设法找学校领导，让我在弃学一年半后又重返学校读初中。我如释重负，又看到了希望。

母亲为了激励我更加发愤努力，为鼓舞我的斗志，让我懂得再入学堂的来之不易，那些日子不停在我耳边对我叨念着她的一些苦难遭遇：

母亲1936年生于广东省梅州市梅县农村的一个贫苦农民家里。1941年秋，外祖父母为了全家人的生计，只得携老挈幼逃荒，一路乞讨地生活。最后，在走投无路之时，忍痛割爱，将六虚岁的她送给别人带养。领养人带着她过了一些日子后，也由于家境贫寒，生活所迫，将她卖给了一位姓吴的打铁师傅。之后，吴师傅将她带回了于都县梓山乡磊石村夫竹甲那穷山沟的家里，为她取名广东婆，把她当童养媳来抚养。随着年龄增长，对这个身份，母亲越来越感到心中郁郁，心里总像压着一块重重的石头。

1952年春，17虚岁的母亲，在一位同是天涯沦落人的大姐邹玉华（别名三秀，也是童养媳）的帮助带领下，逃离了吴家。两人一起来到梓山乡永丰村庙背刘家（三秀的一位亲戚家）。母亲虽暂时有了立脚之地，但傍人门户，寄人篱下，心里还是不够踏实。

过了些日子，三秀又带她到梓山村下肖屋(林屋)一位姓林的朋友家里玩。林家无后裔，与母亲相见甚欢，便认母亲为干女儿，取名林金红。干爹、干妈待她如亲生，关爱至极。至此，母亲才算熬过了一直以来颠沛流离、提心吊胆的生活，迎来一段平安幸福的日子。

1953年冬，母亲18虚岁，与父亲盟结良缘，这才真正感到生活有了着落，人生有了依靠。

母亲对我说过的一段话，我至今记忆犹新："我是从小受苦长大的，没进学堂，没文化，你到了学校，要听老师的话，要勤奋刻苦，要珍惜这来之不易的学习机会。"

我看着母亲慈爱又殷切期望的脸，听着母亲的这"三要"，心中暗下决心——"一定要争气"，并在心底默默地给自己打气。

重进校门

重进学门书海游，欢欣莫忘失时愁。

学无止境勤则达，习练笃行天道酬。

（一）

1968年9月，段屋小学开始设初中班，学校更名为段屋中小学。

因为这年学制改革，定为小学五年制，中、小学原秋季招生改为春季招生，所以这年同时招收了1967届、1968届两届小学毕业生。另围上村墩子上的段屋农业初中撤销，最后一个毕业班（1966届小学毕业生）十多个学生，也并入段屋中小学初中班。因此这年就有三届的小学毕业生合在一个班上课。

1969年春，几经曲折，我重获学习的机会，离开学校一年半后又回到学校，在段屋中小学直接读初中一年级。

在那非常时期，教学秩序乱中有序，学校主要是政治教育和文化课。那时初中的课程没有英语、物理、化学，主要有政治、语文、数学、工业基础（代替物理）、农业基础（代替化学）、图画、音乐、体育、生产劳动等课程。

政治课：主要学习《毛主席语录》，先是"老三篇"（《为人民服务》《纪念白求恩》《愚公移山》），后改为"老五篇"（"老三篇"加《关于纠正党内的错误思想》《反对自由主义》），以及《毛主席诗词》和时事政治等。

工业基础课：简称"工基"，主要学习"三机一泵"，即拖拉机、柴油机、电动机和水泵。老师常带我们到段屋圩榨油厂、碾米厂、发电厂参观学习，聆听工人师傅们的讲解。

记得段翰炳师傅特意为我们当场拆开卧式液压榨油机、碾米机、发电机、柴油机，指着一个个零件，认真讲解这些零件的名称和机器工作的原理。特别着重为我们讲述了单缸四冲程柴油机工作原理（进气行程、压缩行程、做功行程、排气行程）和卧式液压榨油机液压工作原理（杠杆原理）。如今这些知识还记忆犹新。

农业基础课：简称"农基"，主要学习二十四节气、八字宪法（土、肥、水、种、密、保、管、工），还学习"一养二用三种植"，即养猪与沼气；正确使用农药，正确使用化肥；如何种水稻、棉花、小麦。

老师教我们怎样才能熟记二十四节气，编好诗歌让我们去记忆：春雨惊春清谷天，夏满芒夏暑相连，秋处露秋寒霜降，冬雪雪冬小大寒。

老师还常带我们走出学校到田间去，与农民伯伯一道参加农业生产劳动，使我们所学的"农基"知识学以致用、学用结合，并能从理论到实践，再上升到理论，逐步加深自己的理论知识与实践应用。

音乐课：主要是唱《毛主席语录》和《毛主席诗词》歌，还有唱忠字歌和红歌。另外，我们还学京剧《红灯记》中的唱段《穷人的孩子早当家》《都有一颗红亮的心》《浑身是胆雄赳赳》，和《智取威虎山》中的唱段《我们是工农子弟兵》，等等。如今这几个京剧唱段，我在心情愉快时，还会哼唱几句。

（二）

语文是我较喜欢的课程。要学好语文，关键在于平时积累。我喜欢看课外书籍，发现好的字、词、句，都会去摘录，甚至熟记。那时，父母没钱为我买《成语词典》，我就用一本笔记本，摘录了学习中常用的成语100多条。

一次，语文老师欧阳可训布置我们写一篇贫下中农忆苦思甜的文章。为了写好这篇文章，一天晚饭后，我特意登门拜访了本村的老贫农品珍爷爷。

我把来意讲清楚后，品珍爷爷热情地接待了我，跟我讲述了他的苦难经历："小时候家里贫穷，没有上过学，父母把我送去地主家放牛，受尽折磨，饱尝打骂，吃的是地主家剩饭剩菜，甚至是馊饭馊菜，而且还吃不饱、穿不暖。长大后，因家里没有田地，为谋生存，只得又为地主家卖苦力当长工，起早摸黑，雨淋日炙……。万恶的旧社会，穷人的血泪仇。好不容易煎熬到新中国成立，穷苦人才翻身当家做主人。"

他擦擦眼帘的泪水，转悲愤为喜悦地接着说："咱们不能忘记旧社会的苦，牢记血泪仇。特别是你们年轻一代，要饮水思源，要珍惜今天的美好生活，长大后为祖国、为人民多做贡献，来报答党和毛主席的恩情。"

我被他的故事感动得流下了泪水，立誓不辜负爷爷的期望，努力学习，练好本领，长大后做一个有益于社会的人。

第二天在学校课堂上，我胸有成竹，落笔成文。后来老师在班里把我这篇《忆苦思甜》读给同学听，还对习作进行了点评。

在初中学习期间，我特喜爱看书，在书籍中沉醉，在书海中遨游。因此，我的写作能力也一直不断地提高。每当元旦、五一、国庆等重大节日来临时，语文老师都会叫我写上一篇稿子，刊登在可搬动的木框宣传栏——学校"特刊"上，学校"特刊"还会搬移到段屋圩街道宣传、展览。

（三）

小学开始，我与数学就结上了缘，爱上了这门学科，到了初中，更是被数学迷住了。

有一天上午上数学课时，数学谢老师带我们全班同学走出教室，到操场上做数学游戏"猜石子"。他把全班同学分成五个不同人数的组，我被分在第二组，共有八人。

"各组自定，每人捡五粒以上相同的石子，不必告诉老师，老师可猜出某组某个人手中的石子数。现在各组可自由活动去捡石子了。"游戏前，老师对各组捡石子的要求讲得很清楚。

我们每组同学陆续捡到石子，怀着好奇心陆续来到老师跟前。果然，老师对第一组同学下达指令后，很快猜对了一个同学手上的石子数目，大家惊讶、兴奋起来。

当轮到我组时，老师按照对第一组同学的要求对我们说："你们先排成一横队，然后从左到右报数，并记住各自的序号。"

报完数后，我记住了我的序号是"6"。老师接着问："你们这组猜谁的石子数目？"

"就猜我6号的。"我抢先说。

"好的，你们听清楚，按老师的指令去做就是。1至3号每人送5粒石子给6号；4、5号每人送6粒石子给6号；7、8号每人送10粒石子给6号；然后，8号手中还剩几粒石子，6号就给予8号几粒石子。最后我可知6号手上有石子57粒。"老师不慌不忙、满有把握地说。

我不相信自己的耳朵，赶紧数了数，不多也不少，手上确实是57粒石子。同学们又是惊讶，又是兴奋。接着，其他几个组同样被老师猜得准确无误，真是神奇极了。我不甘心，欲再与老师比高低，便叫我组同学每人捡了100粒石子，老师照样神奇般地猜对了。

这天晚上，我脑海里被上午的数学游戏填满了，辗转反侧、目不交睫，一直在想这是根据数学什么原理算的。

第二天上午上课也走神，还在想着数学游戏，这里的奥妙是什么？为什么老师能猜得那么准？我反复猜测，反复推敲着……

直到下午，这个谜才被我解开。我高兴地跑到谢老师房间门口，"咚、咚、咚"，敲了三下。

"进来！"谢老师在屋内叫了一声。

我轻轻推开门，走进老师房间。"老师，您好！昨天猜石子游戏我知道结果了。"我抱着十拿九稳的口气激动地对老师说。

"不要激动，你慢慢地把解答过程讲给老师听听。"老师见我说话气喘吁吁，微笑着对我说。

我镇定下来，详细地向老师汇报：这个数学游戏关键的一句话是"被猜人还给另一位同学的石子数"，巧妙地用了数学中的二元一次方程。我拿起纸笔写了起来。

例题：（就拿我组为例）某组有8人，编号为1至8号，每人手中有相同的石子，1至3号每人送5粒石子给6号，4、5号每人送6粒石子给6号，7、8号每人送10粒石子给6号。然后，8号手中还剩下几粒石子，6号必须还给8号几粒石子。最后6号手中还有几粒石子？

解：设每人手中有x粒石子，则8号送了10粒石子给6号后，8号还剩下（x-10）粒石子；另又设6号手中最后还有y粒石子，根据题意得方程：

$$y = 5 \times 3 + 6 \times 2 + x + 10 \times 2 - (x - 10)$$

$$=15+12+x+20-x+10$$

$$=57$$

答：最后6号手中还有57粒石子。

老师听了我的汇报后，笑着点了点头，伸出大拇指并且鼓励我说："你算对了！全班唯有你有一股执着精神，善于钻研。望今后要戒骄戒躁，再接再厉，勤学苦练，学好数学知识。"

从那时起，我对数学产生了兴趣，更爱上了这门学科。

（四）

由于我在小学期间就曾经参演过节目，进了初中，我又被学校选中加入校宣传队。

学校宣传队由王光活、欧阳可训、管美材、温毓海、段先泽、康惠兰、段石秀等几位教师和20多个同学组成。我们利用晚上和周末排练节目，每逢圩日或重大节日，都要去段屋圩戏台演出。

记得那时我演过的节目有"对口词""三句半""快板""锣鼓词""歌伴舞"等，其中歌伴舞的节目有《东方红》《万岁毛主席》《北京有个金太阳》《在北京的金山上》《战士歌唱东方红》《太阳最红，毛主席最亲》《敬祝毛主席万寿无疆》《毛主席的战士最听党的话》《红军战士想念毛主席》《大海航行靠舵手》等，内容非常丰富。

1969年4月1日，中国共产党第九次全国代表大会在北京胜利召开，全国沸腾了。当晚，我们学校文艺宣传队一路敲锣打鼓，呼着口号，走向街头，走上舞台，宣传九大。

记得那时，校文艺宣传队到段屋圩戏台宣传九大时，我和其他三个同学还演了一个《四个老头庆九大》的节目。

我们还连续多日走进村庄来到田头，进行九大的宣传。

有天晚上，我们翻山越岭，不辞辛苦，打着电筒来到离学校15里的大山里——到刘屲生产队宣传九大。

还有一晚，我们在铜锣湾宣传九大演出之前，大队长刘起立首先为我们讲述了红一军团在于都县段屋乡围上村铜锣湾集结休整的故事。

大队长介绍说："红一军团是中央红军主力军团之一，于1930年6月在福建长汀县城成立。由于红军第五次反'围剿'失利，红一军团被迫实施战略转移，来到于都段屋集结休整。红一军团在铜锣湾的七天时间，当地老百姓倾其所有支援红军，为红军修补衣服、打草鞋、编斗笠，捐粮、捐物。红军严格执行军纪，帮助群众生产生活，与群众结下了深厚感情。"

大队长看了看我们，又接着说："在铜锣湾停留的那几天，红军战士给村民挖了一口简陋的'革命井'，解决了村里人们喝水困难的问题。'吃水不忘挖井人，时刻想念红一军。'这是我们当地群众常挂在嘴边的一句话。红军在铜锣湾停留的时间虽然短暂，却留下了许多苏区军民鱼水深情的感人故事。"

大队长最后告诉我们："1934年10月17日傍晚开始，红一军团以铜锣湾为起点，在于都梓山山峰坝渡口夜渡于都河，开始了漫长艰苦的长征路。铜锣湾这座小小的村庄也因此成为中央红军二万五千里长征的集结出发地之一，在中国长征史上留下了不可磨灭的印记。幸福村庄铜锣湾，长征精神永放光芒！"

大队长热情洋溢也讲解后，大家鼓起了热烈的掌声。

通过这次演出，我们也受到了一次很好的革命传统教育。

另外，由我在本村邀集童年伙伴，组织了一个桂林生产队学生宣传队。排练地点在原桂林坑学堂，排练时间都是利用每天晚上或周末。

生产队干部很支持我们，为我们特制了一面"毛泽东思想宣传队"的大红旗，还为我们提供了小鼓、锣（大锣、小锣）、钹等，以及表演节目所用的大红花、彩纸、绸缎条等。

那时，我们排演了许多节目，印象特别深刻的是段广州演的哑剧《我叫刘某某》，演得出神入化、活灵活现。

我们排练了十多个节目，每当段屋中小学宣传演出需要我们时，我们都会把桂林坑的节目搬上舞台。

在那个艰苦年代，尽管家里有时揭不开锅，穿不上衣，父亲患病在床，母亲只手撑家，但是有党和政府的关怀，我读书有学费减免和助学金，家里生活上有救济款和救济粮。我并不感到贫穷和困苦，而是以积极向上、乐观企盼的心态生活。在那学生时代，充满着童趣、天真、快乐和梦想。

替家分忧

上山砍柴够辛苦，下水抓鱼真快活。
扎脚树蔸易忘疼，遗叹犹久难消脱。

（一）

"民以食为天，食以灶为先。"柴火土灶台曾经是乡村生活的一个亮点。在20世纪80年代以前，农村家家户户厨房里基本上都有两口灶，一口大灶烧柴，一口小灶烧煤。家里穷的没钱买煤烧，只有靠烧稻秆、柴草、荆棘等。

在那个年代，为了家里有"柴"，为了减轻父母的担子，我下午放了学或周末都要去弄柴火。那时，隔壁月红姐姐常带着我去弄柴火。我们有时去屋背岭捡柴火、攀爬大树折干树枝，有时邀集一群伙伴去瑶金山割杂草、捡干柴，去大塘松树林山岗耙松毛，或去大山里割芦萁、砍矮小丛生的灌木、捡霉树桩等等。

记得那时，我们一伙人常去大塘松树林山岗耙松毛，肩上扛着竹耙子，竹耙子上串着一只畚箕，来到松树林耙松毛，然后用绳子把耙的松毛捆好，用竹耙子挑回家。

瑶金山上，我们也常去那弄柴火。记得有一天，我们邀好七八个伙伴，从瑶金山底下，顺着崎岖的山路，一边捡柴火，一边爬至山顶。那时山顶上的庙已毁。我们站在山顶上，极目远眺，只见梅江河穿过寒信峡，蜿蜒流淌。我们还看到了段屋圩、桂林坑村子等，好一派段屋风光景色。

在下山时，有个伙伴在半山坡不小心被一个树蔸绊脚摔倒了。加上坡度很陡，脚底石子滑动，没站稳，一个跟头，滚到了山下。当时我们吓坏了，赶紧跟着追下山去。待在山下看见她时，她躺在地上，满脸都是血。我们把她扶了起来，只见她强忍着痛，还笑了笑。还好，只是皮外伤，有惊无险。然后我们每人都分了些柴火给她，再一起回家。

在初中读书期间，每当周末，天刚蒙蒙亮，我便吃好早饭跟随本村的伙伴成群结队到十多里路的刘仚大山里割芦萁，直到中午11点多才返家。记得有次大家挑着芦萁快到家的路上，经过围上大队杨屋路边晒场，看见那晒场上晒了许多倒菜（梅干菜）。这时我们精疲力尽，饥肠辘辘，口渴难耐，特别是闻到那倒菜的香味，馋涎欲滴，大伙不顾一切，便争先恐后地跑过去，狼吞虎咽地饱尝了一顿"美餐"，真是饥不择食。

寒冬腊月，霜冻盖地。北风刺骨的周末，我们照样去大山里割芦萁。

因家里经济困难，父母没钱为我买胶鞋穿，只有赤着脚上路。早晨在去的路上，手脚冻得麻木。山上的芦萁，有的长得比我高，芦萁上的露水湿透了外衣。记得有次在割芦萁时，不小心踩着了树蔸刺，那树蔸刺直接插进了脚心。当时我忍着巨痛，咬紧牙关，使劲把脚从树蔸刺中拔了出来，鲜血洒了一地。我赶紧从身上破烂的衣服处撕下一条布条，把伤口裹扎好后，又继续割芦萁。待回到家里，母亲赶紧带我到乡村医疗站处理伤口，并心疼地嘱咐我："今后千万要注意安全，小心谨慎做事，特别是在山上弄柴火走路时，两脚不是踩着去，而是要拖着腿，步步滑行，轻轻放下，这样才不会踩上树蔸刺，即使踩上了树蔸刺也不会扎伤脚。"

随着花开几度，岁月更迭，灶台在不断变化，不变的是人间烟火味。柴火灶台的袅袅炊烟已成历史，但童年所见烟熏火燎、生火做饭的情景及弄柴火的一桩桩往事，却难以忘却。

（二）

在那艰苦年代里，家里的房屋破烂不堪，无钱维修。一到下雨时，就成了"外面下大雨，屋里下小雨"的局面。尤其那厨房，下雨天还要戴上一顶斗笠做饭。

有一次母亲正在炒菜，突然下起倾盆大雨，屋顶漏水滴到锅里。吃饭时，我指着桌上的一盘菜便问母亲："妈妈，怎么这盘菜放了酱油吗？吃起来味道不怎样好。"

这时，母亲有苦难言，只是点点头而已。后来我才知道，是老天爷为我们的菜免费添放了"佐料"——屋漏水。

那时，家里穷得连锅盖也买不起，用一顶斗笠来代替。煮的饭、炒的菜吃起来总感觉有股霉味。尽管我们饥饿难忍，却还是吃得不亦乐乎。

1970年春，阴雨绵绵，风雨交加。家里前厅房顶一根栋梁经成年累月漏水潮湿发霉而折断，梁、桷子、瓦片一起坠落下来，厅子上方出现了个大窟窿。下雨时，整个厅堂都是积水，有时流进房间。有次晚上下暴雨，待我们醒来时，只见床底下到处是水，犹如睡在船上。由于家里经济危困至极，父亲病重卧床，母亲一筹莫展，无力维修房子。

学校对我家的遭遇极为同情，让我享受甲等助学金，补助了十元钱。钱领到后，我心想，家里正等着钱急用，若交给父母，可解生活燃眉之急，但父母不会去维修那塌落的厅子。于是，我未经父母同意，先斩后奏，便去请本村庄泥工也是宗亲绍清爷爷，请他帮忙想办法把厅子维修好，否则厅子塌了还会殃及整栋房子，那就更麻烦了。

绍清爷爷满口答应我的请求。之后我才告诉父母我领了助学金，要请人维修厅子。卧病在床的父亲听了，叹了一口气，点了点头，也没说什么。而母亲也同意了我的意见。

爷爷帮我把材料备足后，把厅子维修好了，还把厨房的漏也补好了，下雨时在厨房做饭，再也不用戴斗笠，老天爷再也不免费给菜添"佐料"了。

那时，农村请匠人到家做事，要招待两顿茶三餐饭。爷爷来家修房前几天，我便到田里、水沟处抓了许多小鱼和泥鳅，正好可以为爷爷用膳时当盘荤菜下饭。

自那事后，绍清爷爷逢人就夸我年小志高，将来会事业有成。也许是缘分，从此，我与这位爷爷关系非同一般，只要有困难，我都找他帮忙解决。尤其是家里短缺的劳动工具、生活用品都向他借用。我们家得到了他的多方面帮助，受益良多，他是我们家的一个大贵人。

虽然厅子维修好了，房屋也保存了下来，但我心中却留下了一块难愈的心病。那时父亲卧病在床，整天想吃的。开始，我也想过把领到的助学金交给母亲，她也许会去街上买点好吃的给父亲吃。就这样，我心里一直还是愧疚当时没有把那助学金用来孝敬父母，而是自作主张去维修房子。

县城参观

五彩祥云映昊空，山河遍处尽彤红。

人们敬慕英雄谱，千载留名赞誉同。

（一）

20世纪60年代是英雄辈出的时代，出现了雷锋、王杰、焦裕禄、蔡永祥、李文忠等英雄模范。他们的事迹传遍了祖国大地，他们的名字永远铭记在人民心中。

在我初中毕业前夕，学校组织我们这届初中毕业生徒步到县城参观学习支左爱民模范李文忠的英雄事迹展览。

我们学校到县城有60多里路。由于交通不便，早饭后，郭立珊校长就早早带领我们全班同学从段屋中小学徒步出发，路过段屋乡的石下、康梁，经过岭背镇燕溪的郭杨李、枫树下、石云坑和大塘村的县国营瓷器厂，走到贡江镇黄金村，再翻过浩岭嵊来到上窑村，在黄石埠渡口乘渡船过梅江河后，穿过窑塘、于都塑料厂（现六中）、古田村林屋、于都化肥厂（现水岸新城），然后通过北门街、西郊供销社（现一品红家具城）、兴民小巷，最后来到于都县革命烈士纪念馆。

校长带我们排好队伍，有秩序地走进了纪念馆大厅，我们认真聆听讲解员讲述着英雄李文忠的事迹：

李文忠，男，中共党员，生于1942年，山东潍坊沟西韩尔庄李家村人。1960年应征参加中国人民解放军，在6011部队某部六连历任班长、排长等职。1967年8月19日，他带领6011部队某部四排护送江西省蒋港公社群众和学生返乡，途中，他们从南昌市叶楼渡口横渡赣江，当船行至江心时，突然遇险下沉，群众和学生落入水中。他带领战士们奋不顾身抢救，先后救出群众和学生50余人。在抢救过程中，他一马当先，只身救出落水群众5名。在他精疲力尽、面色苍白、站立不稳时，突然发现江中还有一人在挣扎。他挣脱了战友的阻拦，跃入激流中继续抢救。遇险群众得救了，而他却被激流卷走，光荣地献出了年轻的生命。这次为抢救落水人群而牺牲的，还有李文忠的两位战友李从全、陈佃奎烈士。

1967年10月20日，经毛泽东主席批准、中央军委发布命令，授予李文忠烈士"支左爱民模范"称号，授予6011部队某部四排"支左爱民模范排"称号，并且号召全党、全军、全国各族人民向"支左爱民模范"李文忠烈士学习。

　…………

革命烈士永垂不朽！

英雄的光辉形象永远留在我们心中，永铭不忘！

英雄的光辉事迹永远激励我们奋进，永远向前！

（二）

参观完纪念馆后，中午郭校长带我们去餐饮店用餐。下午三点，又带我们到何屋参观。

讲解员先带我们参观了毛泽东长征前夕所住的房间，只见那窄小、昏暗的房间中摆了一张床、一张桌子、一条凳子和一担公文箱，桌上放着一盏煤油灯，布置极为简陋。讲解员对我们说：

"1934年9月中旬，毛泽东从瑞金来到于都，就住在何屋这间东厢房。毛泽东住在于都期间，虽然身体不算好，但还是有序认真地开展着各项工作。"

接着，讲解员带我们又走进了小客厅，为我们讲述小客厅里的故事。我们仔细地打量着房中的每一处，认真地听着讲解员的讲述。

通过何屋参观，我们深深懂得：没有毛主席的英明领导，就没有中国的解放！没有共产党就没有新中国！

（三）

我们从何屋出来，已是下午四点多了。郭校长带着我们游览了宽敞的体育广场和最热闹的东方红大街（那时的县城仅有这条街）。

记得那时的县城是这样的：

体育广场东侧是一道围墙，围墙后面是老菜市场。

体育广场西面是县政府出入的大门。白底红字的招牌上写着"江西省于都县革命委员会"，醒目地挂在大门的左边墙上，大门右边墙上挂着白底黑字"于都县人民政府"的招牌（那时县政府南大门已封）。

体育广场北面正中是一个长20多米、宽10多米、高1.5米左右的观礼台，观礼台左（东）旁是电影院，右（西）旁是人民礼堂。

体育广场南面正中是一条走向东方红大街的通道。

东方红大街不到10米宽，街上人来人往，人声鼎沸。临街两旁房子最高也不超过三层。靠北的商店要上许多个台阶，靠南的商店略比街道高几寸，后面紧临贡江河。

由于街道临贡江河，地势较低，每当汛期，贡江河水猛涨，街道便成了"威尼斯水城"。

街道两边有百货店、日杂店、生资公司、饮食店、粮油店、布匹店、工农兵理发店、国营照相馆、旅社、新华书店等。印象最深的是那个冷饮店，我在那里第一次吃到了冰棒、冰水（冰棒价2分/支、冰水价2分/杯），那里还有其他冰制品，如冰绿豆、冰酒酿、冰牛奶、冰雪糕、冰淇淋等等。我望着那些丰富可口的迷人饮料，垂涎欲滴，一饱肚中饥。

晚上我们在县城留宿，第二天原路返回了学校。

这次县城参观使我们思想上受到一次很深的教育，不但开阔了眼界，了解了县城原貌，而且增长了不少见识，受益匪浅。

（四）

在那特殊年代，段屋中小学校的教育教学工作还是井然有序的，领导严谨治学，教师兢兢业业，学生奋发向上。教师付出的辛勤汗水，哺育了祖国花朵，桃李芬芳，硕果累累。

1970年2月，段屋初中第一届学生毕业了，就是1966届小学毕业生，共有11人：段德明、段德诚、段从明、段德文、段九福、段德昌、段灶生、段先涛、肖辉、肖发长、肖灶生。

1971年2月，段屋初中第二届学生毕业了，他们是1967届、1968届两届小学毕业生，有40多人，我便是这届毕业的学生。

虽然我的初中学习生活结束了，但学校生活一直是我梦寐以求的愿望。

从那时开始，我奔赴农村一干就是七年多……

社会的磨砺，
远大的理想

广阔天地

瑶金尝尽春风雨，敢问梅江波浪翻？
回乡务农尤渺渺，磨心炼志力轩辕。

（一）

1971年2月，正值春风化雨，草木生长，百花盛开，可我父亲却病故了。失去主心骨，家道消乏，我的人生道路迷失了方向。路在何方？16岁的我，初中毕业未被推荐读高中（那时上高中不看成绩，采取推荐升学形式），离开了学校的呵护、老师的滋养，我奔向农村，成为一名初中毕业生"返乡知青"。

回到农村后，一干就是七个春秋。在农村这个广阔天地里，我积极投入到生产劳动第一线，勇挑重担，不怕苦累，不嫌臭脏，磨炼意志，在各项工作中取得了一定的成绩，赢得了干群的好评，曾几次被于都县革命委员会评为"五好社员"。

那时，为尽快还清生产队1400多元超支款，母亲带着我和弟妹风里来雨里去，朝起早，暮眠迟，勤出工多劳动。天刚拂晓，母亲去菜园，大妹生炉灶，我捡畜粪（畜粪称给生产队，每百斤计工分20分）。除参加生产队劳动外，夏天烈日高照，冬天严寒酷冻，我带着大妹，从不午休，荒山荒坡，田埂田塍，锄铲草皮（草皮存放在牛猪栏里沤肥，牛猪栏肥料称给生产队，每百斤计工分4分）。一年下来，工分挣得不少，年终生产队决算，家中超支款递减。至1981年责任田到户时，还欠生产队超支款496.19元。直到1988年才把先父遗留下来的超支款全部还清。

<h2 style="text-align:center">（二）</h2>

那时在农村生产劳动的报酬是记工分。生产队在评定社员工分时，采取自报、公议（民主评议）形式。一般成年人每天评分是：男8分至10分，女7分至8分。

1972年春，我快满18周岁了，与我年龄上下的伙伴评定工分大概是7分至9分。那天晚上，生产队在会议室（厅堂）召开社员大会评定工分。

当轮到我自报时，我很自信，直截了当地说："我要评10分！"

瞬时，会场一片哗然，人们七嘴八舌，笑声、议论声交杂在一起。

我沉默了片刻，有点激动地说："你们笑什么？笑我还小，笑我无能，还是笑我不自量力？还记得早些年你们是怎样对待我父亲评工分的吗？我父亲忠厚老实，软弱无能，工分评定，他和女社员一样，仅评8分。而父亲从不与你们争辩，忍气吞声。自那时我就立下誓言，待长大后，评工分我一定要10分。"

我抑制不住情绪，越说越激动，声音越说越大："现在我长大了，田间活儿无一不会，论体力、论吃苦、论效率、论干劲，在生产队表现，有目共睹，我还被县革委会评为'五好社员'。因此，请大家为我评10分。如谁不同意，明天咱可在田间比试一番，若我输了，由你们评几分都行。"

顿时，整个会场鸦雀无声，一片寂静。

转眼间，会场又开始轰动、议论起来，由于我义正词严，理直气壮，许多社员纷纷点头说：

"德山可以评10分，是好样的。"

"我们佩服他敢想、敢说、敢做、敢为、敢担当。"

"他是有胆量、有气魄、有能力、有本事的。"

"他干活儿确实不错，吃苦耐劳，勇挑重担，我同意他评10分。"

"我也同意他评10分。"

…………

在大家的一片议论声中，先德队长故意大声"嗯"了一声，会场立刻静了下来。

接着队长提高嗓门问我："德山，你会耙田吗？"队长先前出工从来没叫我去干耙田的活儿，认为这招可把我稳住。

在当时田间活儿中，除耙田，我无一不会。我一时不知如何回答。

有些人又开始起哄、议论起来，在这节骨眼上，我决不能输。

瞬间，我不再犹豫，脱口而出："我会耙田！耙田有什么了不起，这能难倒我吗？"我以肯定的口气回答了队长的提问。

"好吧，那么明天去试试耙田，再来定你的工分。"队长这招失效后，声音降低了许多。

社员们又议论纷纷……

第二天出工时，队长果真叫我去耙田。我心中有数，满口答应。

而队长根本不知道，我在平时就会注意观察模仿他人耙田的状态，耙田的程序与要求早已记在心里，只是还没实践而已。

我左肩背着耙，左手扶住耙，右手拿着牛绳牵着牛和拿着赶牛鞭（小竹枝），撸起裤脚，来到已犁好的水田里。首先放好耙，然后把用两条长绳绑在耙上的牛轭套在牛的颈脖上，系好牛套绳，扶住耙，吆喝一声，在我的鞭策下，牛拉着耙拼命向前行走。

要把水田耙得平整，首先观田形状（长为直，宽为横），先把田横着耙，然后再直（竖）着耙，不管横耙还是竖耙，耙路要明，收耙要平。其次是开耙（压）要重，由高（田塝）到低（田埂）。最后就是收耙（提）要轻，并要发挥双脚左右扫平耙路（较高的泥巴）的作用。

我扶着耙，赶着牛，在田里来来回回跟着牛疾走，不到一小时，一丘六分左右的水田被我耙得平平整整。

队长站在田埂上看着那丘耙好的水田，笑了笑对我说："你确实可以评上10分了！"

正是："有理压得泰山倒，无理寸步也难行。"

（三）

"莳田"是我们当地人的口头语，也就是插秧。春季早稻莳田，雨水偏多，披蓑戴笠；夏季晚稻莳田，炎热酷暑，两面夹热（脸朝稻田水热，背朝太阳晒热）。一天下来，腰酸背痛，疲惫至极。所以莳田与犁、耙田都算农村繁重且具技术性的体力农活。那时，我在生产队中也算得上是一位"莳田快手"。

我在读初中期间，除国家规定的节假日以外，另还有两个农忙假，每个农忙假七天，分别参加春季莳田和秋收冬种。

早、晚稻莳田季节，生产队都会安排我们这些学生去送秧或拉绳画格子（靠田埂两头拉条直绳，挨着绳子插秧苗）。我在完成拉绳任务后，都会挤出时间去学莳田（补犁角，即田中边边角角的地方）。

我们在学莳田那时，长辈一边在田间演示，一边耐心教我们："一株小秧苗，三指轻轻捏，用力要适度，秧苗长得快。"也就是说：插秧时，用力重了插得深，难发根，秧苗转青慢；用力轻了插得浅，经风稍一吹，秧苗浮于水面。

按照长辈们的话，我慢慢理解其中诀窍，勤奋苦练，很快就学会了莳田。初中毕业后，我是名副其实的莳田好把手。

莳田大忙季节，只见人们在田间撸起袖子和裤脚，弯着腰，低着头，分秧插秧，点头摆腰，动作连发，很有节奏。大家都在暗自较劲，谁都不愿落后，你追我赶。大家在比试中，看谁莳得快，看谁莳得好，看谁能从田埂这头到那头，不挺身，不偷懒，一气呵成。

每当大伙儿站在田埂上准备莳田时，总是你推我，我推你。一般情况下都是"快手"在先，"慢手"在后。有时，他们见我在场，就会叫我先下田，而我从不推辞，甚至自告奋勇，带头先下田，他们紧跟后面追来。有时我后下田，追得前面的人喘不过气来。

记得那时，我莳田如蜻蜓点水，左右开莳，又快又好，横、竖、斜皆成一条线，里、外、中都是四方格。尤其是一丘大田，有时不拉绳画格，我也能莳成一条直线。

（四）

为确保农作物丰收，预防消灭病虫害，各生产队都成立了"防病灭虫专业队"。此项劳动常与剧毒农药（1605、1059）打交道，直接威胁到个人身心健康和人身安全，许多社员都不愿做这活儿。那时，也耳闻目睹因"防病灭虫"农药中毒送去医院抢救的事件，甚至有些人为此丢了性命。

那时，我怀着"满腔热血洒天地，一片真心为人民"

的豪迈激情，抱着在农村广阔天地要有所作为的远大志向，报名参加了生产队的"防病灭虫专业队"。

当时，有些人说我真傻，干这样不安全的活儿，弄不好会丢性命，出于好心，劝我还是别去。我听后，义无反顾地对好心人说："谢谢你们对我的关心！如果谁都不愿去，那么，咱们的农作物就会遭受到病虫害的侵袭。到那时，农作物就会减产，甚至颗粒无收，这就直接影响到咱们生产队几百人的生活。"他们听后，觉得也有道理，有些伙伴就跟着我一起参加了"防病灭虫专业队"。

在那个年代，"防病灭虫专业队"使用的防病灭虫的喷雾器是"552丙型压缩喷雾器"，它由一个盛药液的65cm左右高圆柱型铁皮桶和一个打气筒组成。打气筒的作用是把空气压缩到装药液的圆桶内，使桶内具有一定的气压，逼使药液从输液管通过外接的橡胶管到另一端的开关上，开关再接过滤套管、喷杆到喷头，使之分散为雾点喷出，这样就可以使药液均匀而且全方位地分布到所要喷射的对象上。

小麦、大豆、甘蔗、棉花及早、晚稻秧苗与禾苗，都要根据不同季节、不同作物、不同病虫害情况，采用不同药粉、药液进行撒药、喷洒。"防病灭虫专业队"工作基本上一年四季都要进行。最辛苦的是在秋季早上，我们在禾苗齐腰高的水稻田里喷洒药水消灭螟虫时，衣服常常被禾苗中的露珠湿透；有时天气较冷，身体冻得瑟瑟发抖直哆嗦，但大家都毫无怨言。

"防病灭虫专业队"工作虽然很危险辛苦，但我们常常苦中作乐。在湾内、石牛地门口田间劳动休息时，我们常与小溪对岸杜田、上屋的队员们对唱山歌。那歌声带来欢乐，缓解了我们劳动中的疲倦。记得有一次，我们唱了许多山歌，而小溪对岸没回一首，我们便唱道："一块豆腐两层皮，唱了十只冇只回，喊了十句冇句应，是否对面哑了哩。"这一唱，便激怒了他们，他们立刻回应了我们，田间的山歌便又在小溪两岸随风飘荡。

在农村生产劳动中，"防病灭虫专业队"的活儿我一干就是五个春秋。

正是："明知征途有艰险，越是艰险越向前。"

重操旧业

年少志高路漫长，岂知人生路迷茫。
学艺拜师苦乐伴，浪荡天涯走四方。

1971年9月，为改善家庭经济状况，我重操旧业，再拜师学做瓦，跟随本村子堂叔提瓦桶，每月工资十元。我每天早起晚睡，工作十多个小时，完成份内劳动任务后，得闲便学制瓦。在那隆冬腊月的冰天冻地里，双手整天与泥、水打交道，手上冻裂的一道道口子，经常渗出鲜血，我也只有默默忍受疼痛。面对困难，我坚韧顽强，刻苦磨砺，几个月下来，终于学会了一门做四瓦的手艺。

1972年夏收夏种后，在本大队（原段屋、围上、杜田、康梁四个大队合并为段屋大队）石下生产队窑棚中，我开始当师傅做瓦了，还带了一个徒弟为我提瓦桶。

在窑棚，我通过做砖的徒弟（搬砖的）石下村子人肖木生认识了他父亲肖子瑜，从此与子瑜先生（村里很多人都这样称呼他）结为忘年之交，从中受益匪浅。

肖子瑜，生于1921年，父母为他取名子瑜。"子"乃男孩、男子，"瑜"为上乘美玉，父母是希望他成为一个优秀的人。他为人忠厚，知识渊博，口才、文笔俱佳，写得一手好字。他曾就读于江西水利专科学校，后因日军入侵，学校南迁，母亲不让他去新校区就读而辍学。他曾在江崇塘、桂林坑等小学任教。后来，经朋友介绍，来到南京，考取了中央新闻学校。没料到他这批学生不到一年就毕业了，而且被派往部队。他被派往"国防部派驻××师人民服务队"任副队长（文职尉官），负责协调军队与地方的关系。到部队仅两个多月，就因该部队被共产党领导的解放军打垮而被俘。后隐居家乡耕种。

肖子瑜返乡后，受到乡亲的尊敬和照顾，他也热心地用自己的才学为集体和乡亲服务。1957年他被划为右派，此后不可避免地受到批斗，接受劳动改造。1978年平反昭雪，重获自由。

肖子瑜有两个女儿，两个儿子。女儿较大，大女名叫长女（长发），次女名叫萍香。长子出生时因八字较弱，而且少"木"，故取名木生。46岁得次子，老蚌生珠，故取名蚌生，学名忠华，子瑜常教导他长大后要尽忠于中华。蚌生长大后未负重托，考取了赣南师范学院中文系，毕业后在宁都师范任教，并在职读研，后成为学校中层干部。2011年宁都师范搬迁至赣州，整合调整为赣州师范高等专科学校，忠华仍在该校任教并担任中层领导。

处处留心皆学问，三人同行有我师。

自认识前辈肖子瑜后，在石下窑棚做瓦期间，只要有空闲，我都会去他家拉家常、叙往事。他经常为我讲述做人的准则，教我如何为人处事。有次他讲到《论语·学而》，"有子曰：'君子务本，本立而道生。孝弟也者，其为仁之本与？'"意思就是君子专心致力于根本的事务，根本建立了，治国做人的原则就有了。万善孝为先，孝顺父母，尊敬兄长，这就是做人的根本啊！做人要孝悌、诚实、踏实，这样才会有成就……承蒙子瑜前辈谆谆教诲，受益匪浅。通过相处交往，木生及全家都成了我人生道路上有缘有情的好朋友。虽时光流逝，但我们依然保持着这种友情。

在石下窑棚期间，我用自己辛勤劳动的汗水挣到了300多元钱。我第一次数着这么多来之不易的钱，喜泪涌眶，怡然自乐。过年时，我为母亲、弟妹们各做了一身新衣服，办了不少年货，全家这么多年来才过上一个舒适、幸福、快乐的春节，母亲心中有说不出的高兴，弟妹有道不完的欢乐！

为谋生存，四处奔波，拜师学艺，走南闯北，为的是刚正强势，振兴家业。在往后的岁月里，我到黄龙（麟）修公路桥做饭，去祁禄山伐木做木梢，跑广昌贩卖烟草，

闯广东做学徒弹棉被，浪荡江湖，勤练功夫。正如歌曲
《浪荡江湖》的歌词："……自怜自爱勤练功夫，笑声激
发自强，我独自创出千事业，画出我的少年狂……自发自
强，自己找理想，自决自豪万里路……"

小房情缘

简单小屋书丛藏，夜半挑灯阅赋章。
纵览群文心底阔，缘交众友谊更长。

（一）

1972年冬，我在石下窑棚做瓦挣到点钱后，添置了一张简易床，购买了床上用品，并把一间十多平米带老式木栅栏窗户的小房间简单布置了一下。从那开始有了自己的小窝，一个简陋的属于自己的小房间——自由天地。在这之前的五六年间，我都是在春发、林发、灶生、九生、胡长等邻居同伴家过宿，像打游击战似的，无固定地方。如今每到夜晚，我再也不愁没地方睡了，自有小房，自由自在。真是："躲进小楼成一统，管他冬夏与春秋。"

夜晚，我很少外出，躲在小房，点着煤油灯，看书或练习毛笔字，有时到深更半夜。尤其是在白天参加生产劳动时，身上也要带上一本书，待中途休息，不顾劳动的疲惫，便坐在田埂上或躺在树荫下，如饥似渴地看起书来。

农村劳动七年寒暑，在这间昏暗的小房里，我品古典文学、读中外小说、阅历史故事、吟名人作品、看英雄传略、观天文地理、浏览周易八卦、赏析命理四柱、自学高中课本……

书与我结伴，书与我结情。当我孤单时，书与我如影随形；当我忧愁时，书为我解忧分愁。正如高尔基所言："书是人类进步的阶梯，终生的伴侣，最诚挚的朋友。"书桌上的那盏小小煤油灯，陪伴着我度过了多少不眠之夜，它照亮了我的人生道路，指引了我前进的方向。正如那首《劝学诗》：

富家不用买良田，书中自有千钟粟。

安居不用架高堂，书中自有黄金屋。

娶妻莫恨无良媒，书中自有颜如玉。

出门莫恨无人随，书中车马多如簇。

男儿欲遂平生志，五经勤向窗前读。

（二）

自从有了自己的小天地后，不管白天黑夜，不管酷暑严寒，只要有闲暇，昔日的同学、幼时的伙伴，近至本村宗亲，远至邻村庄杜田、跃前、圩上的亲朋好友，我们以书会友，相聚小房，一起看书籍、写书法、说笑话、打扑克、下象棋、拉二胡、练功夫……大家说古道今，谈天叙地，敞开心扉，其乐无穷。有时，我们晚上聊天或看书到深夜，谁也不愿离开这小屋，几个人困了就挤在那小床上，横睡到天亮，才依依不舍离去。

母亲看着我们快乐地在一起，心里常常也是乐滋滋的。一天她问我的一个同伴："你家有床怎么也常常跟我儿睡呀？"

"因为你儿子与我们很投缘，与他在一起看书、聊天真开心。再就是我的爸妈为节省开支，连煤油也舍不得买。一到晚上不让我点灯，就叫我去睡觉，你儿子这里，只要我们晚上来玩，煤油灯点到什么时候都可以。"同伴直截了当地说。

母亲真是为了方便我看书，宁愿其他方面节省些，也要买到煤油来让我点灯学习，最知我者是母亲。

相识满天下，知心能几人。在这间小屋里，我结交了不少知心朋友，特别是段七月、肖十月（均为化名）两人。我们三人非兄弟，胜似兄弟，如同一根藤上的苦瓜，经常形影不离，相聚一块，互吐衷肠，相互帮助，相互勉励。在那时，我们三人被当地人称为新时代"桃园结义"三兄弟。

在这间小房里，我与书、与友结下了极深的情缘。

运蹇时低

运交华盖平生困，欲想翻身路难寻。

梦里依稀复流泪，醒来望景又一春。

（一）

1972年冬季，征兵工作在全公社拉开了序幕，广大有志向、有抱负的青年纷纷报名，要求参军，保家卫国。

那年，我正满18岁。征兵消息传来，我心潮澎湃、热血沸腾。我怀着热爱祖国、保卫祖国的崇高理想，响应祖国召唤，积极报名应征参军，要求到部队去锻炼，学知识、练本领。

经过体检，身体合格，政审通过。可是在最后定兵时，母亲却执意不让我走。因那时母亲正需要我与她一起支撑这个摇摇欲坠的家。我的参军梦破了，迷茫、焦虑、失落涌上心头。

（二）

那时，大学停止招生已有好几年。

1970年，国家尝试恢复招生，改为通过推荐介绍的方式招收工农兵学员上大学。

1976年，是全国推荐工农兵上大学的最后一年。

由于我在农村生产队思想进步、劳动积极，并能经常为集体出谋献策，曾获得县"五好社员"荣誉，赢得干群好评，生产队决定推荐我去上大学。

"德山，告诉你一个好消息，昨天我到大队开会，今年大学开始招生了，要求咱队推荐一名表现好的年轻社员报大队。现经生产队委会讨论，决定推荐你去上大学。"队长来到我家亲自对我说。

"谢谢！谢谢！谢谢你们的关心，如真有那一天梦想能实现，滴水之恩，定会涌泉相报。"当时我心情很激动，"谢谢"两字，说了一遍又一遍。

然后，队长拿出一式两份的工农兵学员推荐表给我，说："这两张表要按要求认真填好，不能涂改。然后每张表在规定地方贴好免冠一寸照片。最迟明天下午把推荐表交给我签字，后天要送大队审核，最后由公社审核后交县里。"

　　大队把"推荐表"报公社后，谁知在公社讨论确定时却换成了另一人。我只有做梦捡个金元宝——空欢喜一场。

不平则鸣

先父别凡升九冥，后贤悲恸永追铭。
苍天借问谁怜念？提笔行文诉苦听。

　　自父亲病故后，母亲带着我们兄妹艰苦度日，家中贫困交加，囊空如洗。回想父亲一生，我满腹悲恸，唯有遥望苍穹，提笔倾诉。

　　我心中打好腹稿，决定从父亲参加工作的那年写起，先列了一个大纲：

　　"1951年，父亲虚岁16岁，在水头中学读书，乡、村领导见他聪慧，便直接送他到赣州干部培训学校学习会计知识。培训期满后，县政府就招录父亲为宽田区政府会计。当时区政府唯有马是交通工具，父亲下县城出差办事，都是骑着区政府的大白马来回，令人羡慕赞叹。

　　"1953年冬，县委通知父亲到县财政科任出纳。由于父亲工作出色，1954年8月，县委派他到赣州团干部培训班学习，尔后任于都城关区团委青年干事。

　　"1956年7月，根据县政府工作安排，父亲被抽调前往大余修飞机场于都工程部任总会计，当年12月工程完成后，返回县城关区工作。

"1957年夏，父亲响应党和国家的号召，积极带头申请到农村第一线锻炼。经上级批准，父亲光荣下放回到家乡务农。乡、村领导干部和当地群众敲锣打鼓迎接父亲返乡。

"1958年9月，父亲参加了南昌修铁路于都工程队工作，上级任命父亲为连部会计，不久调营部任团支部书记兼食堂会计。

"1959年6月，父亲从南昌返回故里，在农村一干就是十多年。这十多年中大多数时候都是极为困苦的，有时甚至是痛苦委屈的。父亲于1970年7月病故，年仅36岁。"

我把父亲的生平和我的情感都宣泄在纸上。

1973年夏季，在白天要参加生产队劳动的情况下，我利用午休和晚上时间，提笔撰写《饱经风霜——我的家史》，以下简称《家史》。中午饭后在炎热的小房间（那时农村还没电）汗流浃背地写到下午出工，晚上点亮小煤油灯，在微弱的灯光下写到深夜。

最后，我请求政府根据相关政策帮助解决有关问题。我用时两个多月，含着眼泪写了30多页材料。经过屡次修改，最后定稿约1.5万字。

定稿后，我到圩上文具店买了一块刻蜡纸的钢板，一支刻写蜡纸的铁笔和一筒蜡纸。文稿在蜡纸上刻好后，我便到段屋中小学借了一台油印机，搬到家里油印了十份《家史》。然后分别送往公社政府办、县政府、县民政局、县信访局。另还送了一份给本家族亲戚段裘谱，他看了后对我说："看了你写的家史，你们太苦了，太感人了，看后让人流泪。"

一天，母亲对我说："你父亲在县城工作时，我常带你去谢伯伯家玩，你与他儿子是同年生的。谢伯伯后来调到赣州区工作，现在在那里当干部。你去赣州找找他，把你父亲下放回家后的情况讲给他听，问问他国家对那时的下放干部有没有什么好政策。"

我经过多方打听，获知谢伯伯在赣州的详细住址后，便坐车来到他家。

谢伯伯热情地接待了我，对我嘘寒问暖。

我先把《家史》递给了谢伯伯，然后把1957年父亲从于都下放回家后的情况，一五一十地说给他听。我越说越激动，由于控制不住情绪，流下了辛酸的泪水。

"莫悲伤，事情已经过去了，也无法挽回。如你父亲健在的话，根据现在政策，还可以回政府工作。如今家里生活确实有困难，只有向当地政府反映，政府会根据你家的实际情况给予适当救济。"谢伯伯一边安慰我，一边为我提供了国家有关政策的信息，还告诉我回去后，怎样向有关领导汇报和提出自己的要求。

后来，县民政局根据我反映的问题，派人来调查核实，情况属实。尔后，每到青黄不接的时期，政府都给我家下拨救济粮，以解燃眉之急。我的心中永远记着党和政府的恩泽。

广昌贩烟

受尽艰辛谋活计，长途贩运闯盱江。
销售觅购烤烟草，如意归旋叩宅窗。

（一）

江西广昌晒烟，晒制后的烟叶红里透黑，烟气浓烈，吃味丰满，劲头十足，又称"黑老虎"，自明朝万历年间开始种植，已有400多年历史。经国家经贸委（现为商务部）烟草研究所鉴定，广昌晒烟是生产低焦油混合型香烟和雪茄烟的上乘原料。广昌还被国家烟草专卖局指定为出口晒烟的生产基地。广昌"黑老虎"与广丰晒红烟"紫老"并称为江西烟叶"二老"，闻名天下。

20世纪70年代，国家还是计划经济时期，在那"割资本主义尾巴"的社会氛围中，投机倒把（小商小贩）往往被视作"挖社会主义墙脚"，是阶级斗争的重要动向，因而备受打击。由于"黑老虎"出名，各地有些人利欲熏心，不顾禁令，铤而走险，前往广昌，贩运烟叶，转手倒卖，以攫取暴利。

1973年春的一天晚上，两位本屋场的同年伙伴林发和连屋在我小房间里闲聊时，林发无意中讲道："广昌的烟叶很有名，会吸烟的人，只要一听到它，便垂涎三尺。我堂哥经常从广昌贩些烟叶回来卖，赚到不少钱。我跟着他跑过两趟，后来也单独跑过几趟。那里的烟叶质量好，价格便宜，单价是0.6—1.2元/斤，而我们这里可卖到2.8—3.5元/斤，利润可观。如果你俩想做这生意，我可带你们去闯一闯。"

那时，我和连屋从未出过远门，心里很不踏实。况且在"打击投机倒把"的形势下，我们更是担惊受怕，万一被扣上"投机倒把分子"帽子，那就惨了。我俩把心里话都抖了出来。

水不激不跃，人不激不奋。

"只要你们俩能想法弄到本钱，其他事情包在我身上。不要害怕，不要顾虑，要敢做敢为敢闯，保证有钱赚。得成后，除成本及开支，赚到的钱分成。"林发跟着堂哥在广昌闯了几年江湖，见过世面，胆识过人，对广昌地形熟悉，会说一口广昌话。而且贩运烟叶，得手几回，他办事老练，有经验，便胸有成竹地对我俩说。

在林发的煽动下，我们三人达成共识，凑了二百多元钱，还备了三个大提包袋和棉线被（用来藏"黑老虎"），待定吉日，出去闯闯，见见世面，开开眼界。

（二）

1973年3月29日，我们踏上了去广昌贩烟的路途。那天拂晓，我们吃过早饭，步行30多里路，来到仙下汽车站，搭上路过班车。中途在宁都汽车站停下吃中午饭时，触景生情，先父在十三年前带领全家大小，颠沛流离至宁都琳池谋生的往事，历历在目：

1960年春，家中生活危困至极，父亲收到朋友来信，告知宁都琳池垦殖场要招工人，于是父亲领着全家老小五口背井离乡前往宁都。

那时，我才六岁，大妹四岁，祖母花甲有余。我们在仙下搭车到宁都县汽车站后转车达琳池，然后步行30多里山路来到山峦起伏、云雾缭绕的国营宁都县琳池垦殖场汉口林场。

父亲第一次在这样的深山密林工作，先跟随伐木工学砍树、砍竹。天天爬山越岭和繁重的体力劳动对原就体弱多病的父亲来讲难以承受，待后来慢慢锻炼，适应了一些日子后也就习惯了。

爬山伐木砍竹的劳动不仅繁重还很危险，父亲常常觉得力不从心，疲惫不堪，母亲也终日提心吊胆。一段时日后，父亲正在考虑另找安全一点的工作时，有朋友推荐父母去琳池垦殖场找工作。

父亲带着我们走出深山，来到琳池圩。父母都在琳池垦殖场建筑工程队找到了工作，做运沙石、搬木料、拌沙浆、粉墙壁、爬屋栋(钉桷子、盖瓦)等杂工。

1960年，我们全家在琳池过了一个幸福快乐的春节。

1961年2月，家乡朋友来函，告知父亲家乡于都盘古山钨矿要招大量工人，是省属单位，国有企业，工资可观。父亲跃跃欲试，而母亲却劝父亲不要回老家。年迈有胃病的祖母无意中听到"家"这个消息，便天天吵着要回老家，孝顺的父亲再三考量，最终辞去了琳池工作，携老挈幼，返回家乡。然而，当父亲急赶着来到盘古山钨矿，招工却已结束。自那之后，父亲随世沉浮，十年扎根乡间，身心疲惫，贫病交加，最后于1970年7月过世。

想到这些，再看到宁都如今的变化，我感慨不已。

下午3点，班车顺利到达广昌县城。下车后，林发带着我们到他的一位表哥也是老乡家食宿。老乡异地相逢，格外亲热，招待周到。

翌日早餐后，林发带着我们从县城徒步出发，经过盱江的顺华渡桥，然后盘山涉涧，翻山越岭走了50多里山路，来到长桥公社，再辗转到尖峰公社，在下坊新屋下、田心等村庄一带，顺利拿到了100多斤"黑老虎"。

待备足烟叶，已是傍晚6点多，黑夜渐渐降临。那天晚上，好好的天气突然黑云密布、雷电闪闪，好像马上要下暴雨似的，不但没有月亮，连星星也不见半颗，伸手不见五指。我们三人挑着"黑老虎"，行进在蜿蜒崎岖、杂草丛生的山路上，一步高，一步低，千辛万苦，缓缓行走。中途迷路几次，又返回走。好在远处雷闪不断，幸好未下雨，多少能看清眼前路段。就这样，闪电亮一程，我们走一程，待回到广昌县城已过凌晨一点。我们只是中午吃了点东西，早已饥肠辘辘，精疲力尽。好在林发的亲戚事先为我们准备了香喷喷的饭菜。走了50多里夜路，已人困马乏。吃完饭后，我们便爬上床，一觉睡到大天亮。

次日早饭后，我们归心似箭，赶紧把"黑老虎"用棉线被打成三个包袱，外观似"棉被"。剩下的"黑老虎"分别装在三个大提包袋中，上面塞满衣物等，拉上拉链。

整理就绪，我们每人挑着一担"行李"，赶往广昌长途汽车站搭车、挂票。正为"行李"中的"黑老虎"提心吊胆时，没想到在车站安检侥幸过关，心中那块沉重的石头落下了。

上午11点，我们顺利到达于都仙下汽车托运站。下了车后，连忙挑着"行李"，步行30多里，于下午3点安全返家。

（三）

饭后一袋烟，胜过活神仙。尤其是农村田间劳动的人们在小憩时，都会蹲在田间来上一袋烟，缓解劳动的疲累。在悠闲的时候，也会来上一袋烟。而在那计划经济时代，市场的烟叶较为紧缺，人们很难买到好的烟叶。

在那"打击投机倒把"的非常时期，"黑老虎"的销售更是棘手。工商管理人员抓得严、盯得紧，不能正大光明摆摊买卖，只有偷偷摸摸、遮遮掩掩地出售，像打游击战一样，打一枪换一个地方。我们手上拿着一扎一斤左右的"黑老虎"，不停地在街上来回走动找顾客，只要会吸烟的，特别是那些老烟鬼，一看到"黑老虎"，都会多多少少买一点。

在本地段屋圩，我们不能去销售"黑老虎"，人太熟了，万一被人举报，后果不堪设想。我们只能到隔壁的梓山、潭头、黄龙、仙下、岭背、宽田、寨面等圩销售。每当圩日，我们先找一家靠得住的店铺，把"黑老虎"分成若干份，分别寄存，以防不测。另还给点小惠于店主，代我们看好。尽管很谨慎，但还是防不胜防。有次在潭头圩被工商管理人员盯上了，他们二话不说，把我们藏在店铺的一小部分"黑老虎"（估计有五斤多）和一把木杆秤提走了。在那时，做这个生意似做贼一般，时时处处都要小心。

第一次闯广昌贩运烟叶，除成本和其他开支外，我们每人赚到30多元钱。后来我们用同样方法到广昌贩烟。由于得心应手，前前后后共贩烟叶五次，每人共赚到160多元钱，为家里又熬过了一个三荒五月。

后来，全国"打击投机倒把"运动深入开展，特别是广昌对"黑老虎"的长途贩运，当地政府抓得紧、管得严，尤其是车站安检规范，管理措施到位，使得长途贩运者无机可乘。由于大势所趋，也为免后顾之忧，正如老子所说："知足不辱，知止不殆，可以长久。"我们知耻知止，知止知足，也就放弃了这项利润可观的"好"生意。

炊事之韵

入厨洗切与烹饪，有暇推车运石方。
吾与民工同风雨，忧伤辛苦事尤忙。

（一）

1973年秋，经朋友介绍，我跟随打石方包工头孙春玉做小工，为323国道黄龙段修建公路桥提供石方。

包工头带领我们十人来到黄龙公社（现为黄麟乡）官埠头村庄，在一家姓邹的农户家租了三间房。在这工程队中，算我年龄最小，才19岁，但包工头与我亲如父子，对我关怀备至，体贴入微。我的工作是做饭炒菜，兼随包工头上街采购食品、蔬菜以及为包工头洗衣服。若得闲，还要上山去帮运石方的民工推、拉大板车。

每天我都是凌晨3点钟上班，烧火做饭，洗菜切菜，烹调菜肴。民工5点30分起床，6点开饭，7点上山采石、运石。朝暮与民工同甘苦、共风雨。

记得有天早饭后，包工头叫我随他一起，推大板车去离驻地15里路的会昌县小密圩采购菜。我们沿323国道，途经公馆，翻越荷树崒，那盘山公路，一侧靠崇山峻岭，悬崖峭壁，弯多弯急，坡多坡陡。经过两个小时左右的行走，我们来到小密圩。

小密圩虽不算大，但赶集人摩肩接踵，拥挤不堪，热闹非凡。集市货源充足，品种多样，各种蔬菜价格便宜，白萝卜才2分钱1斤。

我们采购了好多种蔬菜，共有700多斤。我第一次用大板车推这么重的货物在公路上行走，开始也不踏实，心中忐忑，好在有包工头在身旁护着。上坡时，我在后面使劲推，而包工头在大板车前面用拉车绳拉。下坡就轻松多了，只要拉紧大板车刹车器，把住、把稳车把手，跟着慢慢走就是。走走停停，直到下午3点多才回工地，累得我腰酸背痛，疲惫不堪。

（二）

一个月后的一天，我领到工资正准备回家一趟，快吃中午饭时，大妹必女突然出现在我眼前。开始我不相信自己的眼睛，认为是幻觉，定神一看，果真是妹妹。

"哥，终于找到了你！"妹妹惊喜地喊了一声，紧接着眼泪扑簌簌落了下来。

"大妹，你怎么跑到这里来了？"看着仅有15岁的大妹，我的眼圈也湿了，牵着妹妹的手，惊讶问道。

"家里没粮食了，等着钱交生产队的副业款放口粮，是妈妈叫我来的。"只见妹妹一边流泪一边说。

"这一来几十里路，人生地不熟，你怎么认得路？"

"恰好在半路碰到一个中年妇女赴黄龙赶圩，与她相伴到黄龙圩，然后再按你信中说的地址'官埠头'，一路问过来的。"妹妹用右手擦了擦眼中泪水，很自信地说。

老家到官埠头有40多里路，走的是村庄、田野、山岭小道，途经20多个村庄。妹妹能顺利到达这里，真不容易。

我留妹妹在房东家宿了一晚，次日，由于不放心妹妹一人回去，我便请了两天假，护送妹妹返家。

我们来到黄龙圩背，只见一座小木桥横跨澄江河。桥宽不到半米，桥与水面高度五米左右，桥下河水发出哗啦啦的声音。

妹妹刚上小桥就蹲下身子，做出爬行过桥的动作。我伸过手拉她起来说："你怎么要爬着过桥啊？"

"站在桥上行走，看见桥下面的河水我会怕，两脚软得直发抖。昨天我也是爬着过来的。"妹妹顺着我的拉力站起来。

"不要怕，我牵你过桥。"我牵着妹妹的手慢慢地过了小木桥。

这时，小时候我过小木桥爬着走的情景又呈现在眼前，一路上，我为妹妹讲起了那段难以忘怀的那位"老俵"的故事。

我们兄妹俩一路聊，一路笑，不知不觉到了家。

母亲自妹妹来黄龙找我那天起，就一直惴惴不安、日思夜想，当看见我们兄妹平安回来，喜上眉梢。

第二天早饭后，我告别母亲和弟妹，又踏上了那艰苦谋生路。

（三）

在黄龙官埠头做炊事工作几个月，我学到了不少烹饪知识，如菜的搭配，以及菜的色、香、味等，还有各种菜都有不同的切法，如直切、推切、拉切、锯切、滚切、铡切、剁切等。俗话说得好："切菜的师傅，炒菜的徒弟。"尽管我曲尽于巧心，却实难调于众口。但总的来讲，民工们吃得还算基本满意。在厨房的那些日子里，那洗、切、炒、煮、烧、蒸、炸与碗、盆、刀、砧、锅、勺、铲碰撞出的节奏声，化成一首首千丝万缕的悠扬曲子，印在我的脑海里。这年冬天总共挣到230多元钱，除交生产队副业款80元（每月20元）外，还剩余150元用于家庭开支，为母亲减轻了许多经济负担。

正是："欲求生富贵，须下死功夫。"

广东弹被

南方学艺弹棉被，历尽沧桑在远涯。

浪荡江湖腾细浪，揽寻生意走千家。

（一）

1975年8月夏收夏种后，我跟随郭真长师傅学弹棉被，月工资为20元。8月22日上午，师傅肩上扛着长长的弹棉弓，我挑着工具和行李（大概有50多斤重），从车头公社潮泥湾步行50多里路来到于都汽车站，先搭班车至赣州，然后坐长途班车达韶关，再乘火车抵广州，连夜在广州港口大沙头客运站登客轮，最后到达肇庆市。运气不错，第二天便扎下板，生意一直较好。我们在肇庆弹棉被有两个多月之久。

学徒的日子，就是要吃得苦，不怕累，尊敬师傅，虚心好学。我不但要学弹棉被的技术，还要负责做好三餐茶饭。

那时，旧棉被翻新还没有撕棉机，我只能靠双手先除掉那旧棉被表面覆盖的棉纱，然后把旧棉被撕成大块卷为捆，用双手捧住，在布满铁钉的撕棉铲头上撕碎撕松，最后交给师傅。师傅用弹棉弓把它弹成一床蓬蓬松松、厚薄均匀得当、四角坚挺对齐、尺寸符合要求的洁白柔软的新棉被。

弹棉花时，师傅左手扶弹棉弓，右手持弹棉槌，然后用弹棉槌频频有节奏地敲击弓上的弦（牛筋绳）。靠弦震动来沾取棉花，拉动纤维。弹棉槌奏起"嘣嘣——，嘣嘣——，嘭——，嘣嘣嘭——，嘣嘣嘭——"的乐音，听着很有韵味。

接着师傅和我把弹松好的一面棉絮，用牵纱篾、牵纱夹拉动棉纱，纵、横、斜布成网状，以固棉絮。棉纱覆盖好后，再分别用粗、细磨盘压磨，使之平贴，坚实牢固，使棉纱与棉絮紧紧粘在一起。接下来，再把棉絮翻过来，弹松另一面，与先前一样，牵纱、磨纱，最后缝好四个被角，这样一床新棉被就弹好了。

弹棉花所用的棉纱一般都是白色，但用作嫁妆的棉被必须用红绿两色纱，并摆上彩色棉花，如画似花，或铺写"龙凤呈祥"，或铺写"囍"字，等等。若给老人祝寿，铺写"寿"或"福"，写上"寿比南山，福如东海"，等等。这些为的是图个吉祥，以示喜庆，幸福健康。

一床旧棉被翻新，从撕、弹、拼到拉线，磨实磨平，看似简单，其实挺费时间，一天忙碌下来，最多也只能弹好两床。有时为满足顾客需求，一天要弹三床棉被，需加班到晚上11点多。那时加工费每床棉被在5—7元，好在有时要翻新的棉被不够重量，需添些新棉花，就能从中赚点钱。

（二）

俗话说："人无千日好，花无百日红。"在广东弹棉被，生意会碰上断链，有时我在铺板留守，师傅走家串户去揽生意，有时我也会去揽生意。

记得有次我在家守铺，师傅出去连续找了四天，生意还是毫无着落。看着师傅愁眉苦脸、没精打采的样子，我抱着试试看的心态对师傅说："师傅，您在家休息吧，我出去找找，看能否揽到生意。"

"我走了几天都没揽到生意，实在很累了，也好，我在家休息一下，你去找找看吧！"师傅笑了笑。

我二话没说启程了。我不但在沿途村庄街道叫喊"打棉胎哦——"，还在商店买了许多张大红纸写"海报"，并张贴于邻近村庄、街道、码头、车站，内容如下：

特大好消息，江西老区技术过硬的六代祖传郭师傅前来贵地弹棉被，新花新弹，旧棉翻新，价格优惠，保证质量，诚实守信，当场验收，不符尔意，加倍赔偿。欢迎咨询。

联系地址：××村庄（街道）

结果，我不但揽回了生意，而且在"海报"宣传的作用下，来咨询的人接连不断，生意应接不暇，师傅乐开了怀。

（三）

这年冬天，我们从肇庆辗转到中山、小榄、黄圃、番禺、南沙、万顷沙等地，历尽千辛万苦，最后于该年农历十二月中旬顺利返回家乡。

弹棉被匠人工作极为辛苦，过着居无定所、风餐露宿、朝不保夕的漂泊生活。师傅们一天到晚弯着腰工作，脊椎常常直不起来，累得腰酸背痛，加上灰尘、棉尘又多，空气污染严重，直接威胁着人的身体健康。我们一般露天作业，或随便找个墙角搭个棚子作业，碰到好的环境是在房东厅堂、宗族祠堂或生产队工具房、礼堂的舞台上作业。当生意中断，我们还要挑着工具和行李，像乞丐一样，沿路途的村庄或街道叫喊，揽生意。

这次闯粤学徒，虽然艰辛，却使我大开了眼界，锻炼了胆量，培养了毅力，学到了技艺，更懂得了如何为人处事。

我第一次乘火车，不知有多高兴。那时，老绿皮车是中国铁路客车的标准涂装，配上两条黄色带，无空调，动力是内燃机，噪声大，速度慢。坐在车上往窗外望，列车在飞驰，景物在移动，思绪也跟着流动。

我第一次坐客轮，长这么大还从没见过这么宽阔的水域，只见浩瀚的江面波光粼粼，巨大的客轮像平地高楼矗立在江面上。螺旋桨翻起层层浪花，在江面上留下一条长长的白浪波纹，带着我那好奇的心，驶向美好的远方。

我第一次到广州，长这么大还从没看过这么大的城市，只见八街九陌，繁华似锦，人群比肩继踵，街道车水马龙，商店琳琅满目，看得我眼花缭乱。

无缘合伙

长城内处惊雷响，铲剃除魔喜讯来。
花卉争妍春日到，傲霜怒放待秋开。

（一）

1976年9月9日，毛主席在北京逝世。在举国上下沉痛悼念毛主席逝世的日子里，正在广东台山打棉胎（弹棉花）的堂叔和我，参加了当地的"沉重悼念毛主席逝世大会"。

1977年8月，党的十一大在北京召开。也就在这些日子里，我经过两年辛苦的学徒生涯，掌握了弹棉被的一些基本操作和技能，终于如愿能当师傅挣钱了。我的邻居堂叔永福（化名）邀我合伙去韶关市曲江县马坝供销社弹棉花，报酬是多劳多得，按弹好的棉被重量，每斤0.6元，在供销社食堂用餐，伙食费自理，住宿由供销社提供。堂叔于农历八月初二先去马坝供销社订合同和办手续，并交代我半个月后启程。

那时我开心极了，赶紧请木匠为我做了一张弹棉弓和一把弹棉槌。我在生产队开好外出证明后，经大队、公社审批同意，最后到县革命委员会副业办公室开了张去广东弹棉花的外出副业证明。

（二）

1977年9月28日，我兴高采烈地带着弹棉工具和行李，一路来到广东韶关，然后搭班车20多里赶到曲江县马坝供销社。意想不到的是，堂叔的影子也不见，我大失所望。

在这人生地不熟的地方，我焦思苦虑，忐忑不安，不知如何是好。去找堂叔吗？去哪里找？返家乡吗？已没路费。正在徘徊不定时，却打听到在附近不远的地方有位弹棉被的江西老乡。我一路问去，原来是本公社康梁人。我把遭遇讲给他听，他见我如此这般，挺可怜我，热情招待茶饭，并告诉我说："你堂叔因偷盗马坝供销社棉花出售，东窗事发后，连夜畏罪潜逃，不知去向。"

霎时，我明白了，心中黯然。过了一会儿，我望着老乡，乞求地说："你这里要不要人手？我想留在你这里做一段时间，挣点路费回去，请收留我好吗？"

"现在我们人手有余，况且还是淡季，我没办法收留你，你还是另想办法吧。"他婉转地推辞了我的请求。

"谢谢你了！我只有想办法回家了。弹棉工具暂存你处，麻烦你如有我堂叔音讯，立即转告我。"

那时，我还天真地对堂叔抱有希望，企盼等到堂叔的好消息，再回来取工具，再来广东弹棉花。

谋事在人，成事在天，也许我与堂叔及这位老乡无缘合伙弹棉花，我毫不踌躇，当机立断返家。因返家路费不够，不得不向老乡借了十元钱。

乘兴而来，败兴而归。我怀着失落的心情，垂头丧气，郁郁不乐，踏上了返家的路程，后来一直都没堂叔的音讯。

祸兮福所倚。正是因为这年冬天无缘在广东弹棉花，使我碰巧赶上了1977年恢复高考这趟时代的列车。而我的那张弹棉弓和那个弹棉槌留在了广东韶关，它们再也与我无缘了。

恢复高考

忆往昔，路坎坷，失去父爱，历尽沧桑。
看今朝，志坦荡，恢复高考，放飞梦想。

（一）

1977年恢复高考招生制度的消息通过各大媒体公布后，举国上下，一片欢腾，搅动了天下学子的心，大家奔走相告，教育的春天终于到来了！

记得是一个中午，段屋初中的肖兴芬老师满脸喜悦地来到我家，高兴地对我说："德山，告诉你一个好消息，中断了十年的高考恢复了，你也可以报名参加考试。"

"老师，我一个初中毕业生，在家种了七年田，也符合报考条件吗？"我既惊喜又半信半疑地问老师。

"根据教育部今年招生文件规定，你也符合这次报考条件。"他点点头，肯定地说。

"啊！我可以报考参加全国学校招生考试了！"我高兴得跳了起来，万分激动地说："老师，谢谢您告诉我这么好的消息！"

暑往寒来，星移斗转，漫长的农村七年生活，弹指一挥间。1977年恢复高考，我和全国学子一样沉浸在欢欣鼓舞之中，心潮澎湃，热血沸腾。

我连蹦带跳地跑去把这好消息告诉母亲。

"儿啊，盼星星，盼月亮，终于盼到云开见日。"母亲含着喜泪接着说，"那时，你小学毕业没书读，回到农村去学徒提瓦桶，郭校长只要看见我就说，若不送你去读初中，将来会吃亏，更会后悔一辈子。俗话讲，养子不读书，等于瞎眼珠。所以，我和你爸想方设法让你再去读初中。"

听了母亲这番话，更增添了我的求知欲，也激励着我的斗志，我决心搏一搏。

（二）

当时，我是以"回乡知青"身份参加报考，报考的类别是中专。我的第一志愿是江西省机械学校，第二志愿是江西省财会学校，第三志愿是江西省商业学校，第四志愿是九江仪表技工学校。到段屋初中填了报名登记表后，我还是有点担心，怕不符合报考条件，所以在没有领到准考证期间，我还是一如既往地做自己该做的事，与母亲共同操持家务，与社员们一起出工，参加生产队劳动。当时，正是秋收冬种大忙季节，我身为组长，带领一个组二十多个社员奋战在田间。

考试前一个星期，即11月25日，我领到了准考证，如获至宝。考试时间定于12月3日、4日两天，考试科目安排：3日上午政治，下午语文；4日上午数学，下午理化（物理、化学合卷）。全县中专考点设置三个点，即利村中学、银坑中学和于都中学，我在银坑中学考点。另大专考点只有一个，设置在于都中学。

为了复习迎考，我先到段屋初中，向老师咨询有关考试的信息，并向老师借了些时事政治复习资料，再到梓山塘贯溪背表弟（高中毕业）家借高中数、理、化课本及复习资料。

虽然我是初中毕业，但在农村七年中从未中断学习，持之以恒。我不但喜爱阅读，而且还自学高中数、理、化，一些基础知识在头脑中多少还有些印象。

在这时间紧、资料缺乏、无人指导的情况下，我每天坚持复习。白天困了，就趴在书桌前小眯一会儿。夜深睡在床上，忽然想起一个问题，一骨碌爬起，推理演算，有时甚至到天亮，弄懂为止。

为了在这么短的时间内获得最优的复习效果，我先安排好每天复习时间，然后制订这一个星期的复习计划。我采用"诗歌"记忆法来背政治和记数、理、化概念及公式，在记忆中，抓住关键的字、词、句。在复习中，把握重点、突破难点、循序渐进。那时，在没有老师的辅导下，一个人静心地在小房间复习，遇到不懂的问题，也只能按自己的主观去理解。到了晚上，唯有那盏灯光微弱的小煤油灯，陪伴着我吃力地啃读复习，费劲地推理演算。

母亲为了我这七天的复习，够辛苦了。她不让我做一点家务，还特意上街买了些鸡蛋，每天早晨为我煮两个荷包蛋补充营养。母亲倾心的关照和热切的期盼，给我复习迎考带来极大动力和鞭策。

（三）

短促的七天一晃而过。

12月2日早晨，我与本大队跃前生产队的肖地长、肖水长、肖金发、肖秋平等结伴，带着希望，带着梦想，顶着寒风，迎着晨曦，步行60里路来到银坑中学考点参加考试。我们一行五人都由一位老乡——银坑公社司法所干部肖有龙安排在公社招待所住宿、在公社食堂用餐。

全国多年没有进行招生考试，这一考，人们就感到新鲜好奇，考场的严肃，考试的紧张，就连那每场考后的场面也令人难忘。真可谓八仙过海——各显神通。

政治试卷题目不难，我在复习中有许多内容都看过，有的甚至背得滚瓜烂熟。

数理化试卷有许多内容是高中知识，对我这个初中毕业生来讲难度较大，能做多少是多少。唯有数学考试，那道几何证明题花了最多时间才做出来。

语文试卷很简单，就写一篇作文，题目是"我的好老师"，作文要求不能写出真实地址、真实姓名。我写的是初中学习期间，我最好的一位老师，又是令我最难忘的人。我记叙了这位老师在那特殊年代，虽身心遭受严重摧残，却一心扑在教育战线上，呕心沥血，兢兢业业，哺育我们一代健康成长。详细叙述了老师在思想上如何教育和引导我做人、为人处事；学习上如何指导启蒙我勤奋刻苦，积极向上；生活上如何关心、帮助我渡过困境；在人生的道路上，如何为我指明了前进方向……

（四）

紧张的两天考试过去，接下来就是等通知，考生们都在企盼好消息——金榜题名。那等待的日子似一日三秋，难熬难受。

等啊，等啊！过了两个月，直到春节也毫无音信。

直到1978年2月22日中午，我接到了邮递员为我送来的宁都师范学校录取通知书。那一刻，激动的心情无法描述，我的梦想终于实现了。我双手捧着录取通知书，喜泪涌眶，多少个日日夜夜，望眼欲穿，终于有了结果。

"妈妈，我被宁都师范录取了！"我高兴地拿着录取通知书，连蹦带跳地递给在厨房做饭的母亲看。

"儿啊！你终于熬到了这一天！"母亲接过录取通知书，看了一遍又一遍。这时，只见母亲那喜悦的泪水，顺着脸颊流淌着。

初中毕业的我考取了学校，这在当时全公社引起很大轰动，人们都在传递着这鼓舞人心的好消息。

我通过这次高考，更加懂得：在人生的道路上，只要自强自立、勇于拼搏、持之以恒，定能摆脱困境；世上没有爬不过的山，没有迈不过的坎。

1977年的高考，是新中国历史上唯一一次冬季高考，次年春季入学。它是许多人命运的转折点，改变了一代人的命运。它是一段值得珍藏的历史，它是一种历久弥新的记忆，它是一个永留史册的故事，永远是我们心中最深的烙印，终生难忘。

正是：

学艺拜师不畏难，沧桑历尽只等闲。

高招恢复文人考，志士层出谱乐篇。

宁师学涯

梅江河水腾新浪，青嶂瑶金披睿阳。
挥手别亲情难忘，游于学海济舟航。

（一）

冬天终于过去了，春天来了，处处春光明媚，春意盎然，垂柳成荫，百花争妍。

1978年3月1日早晨，太阳冉冉升起，在家门前的枣树上，几只小鸟蹦蹦跳跳，叽叽喳喳地唱起了春之歌。早饭后，母亲、弟妹和挚友肖隆辉一起送我到梅江河畔乘渡船，我与本村同样被录取的段延安共同踏上了去宁都师范的路程。上船前，我与母亲、弟妹依依道别，母亲千叮咛万嘱咐；肖隆辉双手紧握着我的手，久久才松开，送上一本笔记本，并在笔记本上题了一首诗："梅江小送心相随，碧空朝霞多春意。挚友鹏程遥天外，无限风光在翠微。"

渡船开了，亲人们仍在岸上目送着我远去。我热泪盈眶，心里默默祈祷，愿亲人们健康平安、吉祥如意！

过了梅江河，我和段延安在车头（溪）圩等了一会儿，便搭上了先约定的车溪王洪云司机去银坑石灰厂拉石灰的货车。我们到了银坑石灰厂，找到了段延安的父亲，他招待我们吃好中午饭后，找了辆宁都108车队来拉石灰的货车，顺路送我们到达宁都师范。只见校门上彩旗飘扬，鲜红的大横幅上写着："欢迎你，七七级新同学！"

（二）

宁都师范学校《数理科板报》1978年第二期刊载了一首《迎新词》：

春风吹，
春意浓，
大地春光明媚。
今天头抬起，
仰望那群小鸟，
翱翔在碧空蓝天赛高飞，
活泼天真，
怎叫人能不心喜？！
鸟要高飞需要健翅，

要攀登科学高峰，

文化知识莫忽视。

今日有基础，

明日破雾穿云飞。

飞向那光辉顶点，

为祖国，

增添绚丽花朵千万枝！

我们荣幸地跨进了宁都师范，心潮澎湃，热血沸腾！

宁都师范的前身是江西省立第九中学，创办于1914年，创办人是邱壁（1875—1941）先生。学校位于江西赣南之东北宁都县城，坐落于翠微峰之南，梅江河之滨。"濯梅江之清流，望翠岗之白云，依宝塔胜景，驻'诗国文乡'。"[1]

我们这届新生由于受特殊年代的影响严重，认为教师在社会上低人一等，因此，大部分考生在报名登记时，报考志愿栏都没填写师范学校。来到宁都师范，学校要求我们补填一份就读宁都师范的志愿。我拿着学校发的报考志愿书，在报考志愿栏里，端端正正地写上了"宁都师范"四个字。

这一年，宁都师范1977级新生共有313人，其中于都

94人，宁都63人，瑞金56人，会昌34人，石城21人，广昌11人，兴国4人，赣州3人，其他省、市、县27人。新生分为三科六个班，即文史、数理、生化科各两个班。我被分在数理二班学习，该班54人，班长宋芳柳，团支部书记陈江平。

最有缘的是我们车头（溪）公社还有王南昌、段延安、康积军三人也被分在这个班，尤其是我和段延安是上下铺，他睡上铺，我睡下铺。

另外，本公社还有许多同学：1977级数理科一班王石水、肖慧勇，文史科管世华、谢福生，生化科管智斐；1976级数理科刘卫东、肖宁华和校医肖卿杆。在校期间，我们这些老乡亲密无间，形影相随，生活上相互关照，学习上相互帮助。

（三）

我们是恢复高考后的第一届新生，比较特殊，推迟了半年入学，学制为两年，实际在校学习时间只有一年半。我们这届和下届的教学计划和教材都改为参照和选用大专的，以培养初中师资为目标，招收的基本上都是高中毕业生。在当时来讲，师范生为提前录取的考生，考试成绩也算是较好的。

我们第一学期是复习高中的数学和物理，第二学期要把大学专科两年的数学、物理学完，第三学期选学大学本科有关数学、物理知识。对我们这届学生来讲，多年失去了求学的机会，如今考取学校，就像久旱的禾苗遇甘霖，疯狂地吸收着养分。但对于我这个只有初中水平的学生来讲，听课简直如坐飞机。

为了学好扎实的专业知识，我一方面科学掌握学习方法，课前预习，课堂专心，课后复习，多做习题，熟能生巧。另一方面我发扬笨鸟先飞精神，起早摸黑，加班加点，充分利用时间学习，每天晚上下自习课后，我仍坚持点着蜡烛在教室学习一个小时。甚至在周末学校发电影票组织去县城看电影，我也会把电影票退了换钱，买蜡烛回学校教室学习。

那时，学校教学管理较严，对我们这届学生要求较高，每门单科考试成绩都要求及格以上，否则要补考。每次都有相当部分同学要补考。天道酬勤，由于自己的努力刻苦，每次考试我都能顺利通过。

由于家庭经济较困难，我几乎没有零用钱，好在学校免交一切费用，并且每月还能领到五元助学金（甲等）。为节省开支，不该花的钱我尽量不花。连那用五分钱一张的大油光纸装订成的32开的草稿本都是书写三次，先用铅笔写，再用蓝色圆珠笔写，最后用红色圆珠笔写。

（四）

在宁都师范学习的一年半中，我抱有一个梦想，做到两种坚持，获得三项提高：

一个梦想：打好扎实基础，走向社会后做一名合格的人民教师，为党和人民的教育事业奉献光和热。

两种坚持：坚持早起，晨跑锻炼一小时；坚持晚上下了自习课后，点蜡烛自学一小时。

三项提高：提高思想修养，提高文化水平，提高自理自律的能力。

光阴似箭，岁月如梭。短暂的一年半宁师生活一眨眼就过去了。1979年8月5日，我怀着为党和人民的教育事业而奋斗终生的崇高理想，憧憬着美好的明天，告别了我人生道路上的转折点的母校——我的梦想起源地——宁都师范，踏上了新的征途。

于都县教育局把我和同班同学邹小华，还有文史科同学刘庶平、杨裘琳等一同分配到仙下中学实习。从那时起，我们由学生角色转变为教师角色，从此讲台一站就是三十多年。

花开花落，斗转星移，弹指一挥间。我的母校——宁都师范为顺应历史发展潮流、顺应教育改革需要，于2008年与赣南师范学院专科部合并办学，资源整合、优势互补，申办赣州市第一所市属大学——赣州师范高等专科学校，并于2011年整体搬迁至赣州，原校址改办宁师中学。宁都师范自1914年开办，走过了光辉的九十六个春秋。百年来，宁都师范学校弦歌颂雅，学脉绵延，培养了近四万合格人才，成为江西省培养小学师资的重要基地。[2]

注：

[1] 摘自《江西省宁都师范学校建校八十周年纪念册》之《宁师礼赞》。

[2] 选摘于《弦诵飞扬》之《序——江西省宁都师范学校校史》。

第四辑

起始的岗位，
奋斗的历程
——我的教学生涯第一站

仙下实习

初出茅庐讲台站，虔心耕作课堂间。
有缘千里来相会，盼月回眸把线牵。

（一）

当弟弟得知我被分配在仙下中学实习时，他那时正在段屋初中读二年级，就闹着要跟随我去仙下中学读书。

"哥，能不能带上我？我要去仙下中学读书，跟哥哥在一起，心里踏实些，况且学习、生活上能得到哥哥的帮助和关心。"弟弟满心高兴，用希冀的眼神望着我说。

"实习一个学期很快就会过去的，等过了年，我定下在哪工作时再带上你。你这样转来转去是不利于学习的。"我认真地对弟弟说，并许下了愿，下个学期带上弟弟。

1979年8月28日早饭后，太阳冉冉升起，秋风柔柔吹来。母亲在灶神前为我馨香祷祝，二妹小梅与我一起整理好行李。然后，我们挑着行李，来到梅江乘渡船过河，再步行30多里路，来到我将步入讲台实习的学校——于都县仙下中学。

与我一起来仙下中学实习的还有邹小华、杨裘琳、刘庶平，我们同住教工宿舍二楼，因那时住房较紧张，我和邹小华住一间房，杨裘琳和刘庶平住一间房。每间房仅有十平方米左右。我们的房间摆了两张床和两张课桌凳后，显得有点拥挤。

妹妹帮我铺好床被，摆好用品，扫好房间。然后，我带妹妹在校园转了转，看了看。

那时，仙下中学没有校门，也没有围墙。教室、宿舍、会议室、食堂、餐厅等房屋90%为土木结构。

学校还有一个简易大操场，一到下雨泥泞不堪。

那一大片种植区种了绿油油的蔬菜。

那几间牛猪栏里，学校养了许多头猪和一头大水牛。

我和妹妹在校园里边走边聊，妹妹提起自己小时候因家贫困，小学三年级未读完就辍学在家带弟弟、做家务，说着说着，眼泪扑簌簌直下。

妹妹的一番回忆，我无语对答，心里感到一阵阵作痛。因那时正是父亲患上慢性肺结核，重病在身、卧床三年的时期。

"妹妹，下午我要去仙下圩理个发，顺便带你去仙下圩看看。"我打断了妹妹那心酸的回忆，转移她的话题。

"好啊！我也想去仙下圩找一位朋友。"妹妹擦了擦眼泪对我说。

"是谁？怎么认识的？离家这么远的地方你还有朋友？"我听后有点惊讶。

"是于都楂林共大段屋分校园艺班的一个女学生，叫郭巧英。那时，我在林场食堂做饭，她们一些女同学经常会来食堂提热水用，特别是冬天，我为她们用热水提供了许多方便。她们有空也会来聊聊，来来往往就熟悉了。"妹妹跟我讲起了那段在林场做饭的往事。

"好吧，待吃好中午饭后，我们去仙下圩找她。"

（二）

下午，妹妹和我来到仙下圩。

我先找到一家理发店理好发，然后带着妹妹去找她的朋友郭巧英。经过几番打听，我们在大街上一店门找到了她家。只见这店3米多宽，近20米长。在大门口问了一个人，正好是她大嫂李九发。

"考女子，有人找你。"她大嫂对着内屋大声喊起来。"巧"字家乡音似"考"，她们家乡的人都是这样叫她的，或叫她"考考"。

她从内屋走了出来，妹妹赶紧上前打招呼："郭巧英，你好！好久不见，你更美了。"

"哪里更美啦？在家做活儿累得像狗熊一样呢。小梅，是什么风把你吹来的呀？"她先惊奇地望着妹妹，然后笑着说道。

"是我大哥被分配在仙下中学实习，我送大哥来的，顺便过来看看你。"妹妹很自豪地指了指旁边的我，笑着对她说。

这时她转过脸，旁睐了我一眼，我对她点了点头。只见她1.60米左右，不高不矮，不胖不瘦，头上扎着两根短短下垂且乌黑发亮的小辫子，圆圆的脸蛋，白里透红，细嫩得像是刚刚出水的荷花。她那一对卧在睫毛下显得炯炯有神的眼睛，像会说话的精灵一样，含情脉脉，透过这扇"窗户"，我仿佛看到了她那纯洁善良的心。她穿着一件橘黄色的上衣，加上蓝黑色的裤子，显得庄重大方、和善可亲。她体貌丰隆，形态迷人，千般袅娜，万般旖旎。

我与她虽是初相会，却似一见如故。我未经半点思索，便主动向她问好，并大胆伸出右手想与她握手。

她只是点头微笑一下，脸红了，手却未伸过来。我赶紧把手缩了回来，显得有点忸怩。后来才知，握手也是有讲究的，男女握手，一般应等女人先伸出手。

妹妹与她久别重逢，有许多的话要说。我随便找了些话题聊了几句，就回学校了。妹妹在她的挽留下，在她家住了一晚。

第二天早餐后，我从学校再次来到她家，相互问候，聊了一会儿，便与妹妹离开了她家。

在送妹妹返家的路上，妹妹与我边走边聊，又讲起郭巧英在段屋共大的一些事情。

走到上方屋，我目送着妹妹的身影消失后，便返回学校了。

自遇见郭巧英后，她的身影一直在我眼前不断浮现，这难道就是书中讲的一见钟情？

（三）

在仙下中学，我们四个实习生亲如兄弟，情谊契合。我们一起散步，一同逛街，一块研教，生活上相互关照，教学中互相学习，结下了深厚的感情。

"俱怀逸兴壮思飞，欲上青天揽明月。"我刚踏上讲台，豪情满怀，就立下誓言：要在教育事业中，做一名称职的人民教师，不负重托，努力工作，获取好成绩。

为了上好第一堂课，我花了很长的时间备课。但在上课时，我却管教不管导，如竹筒倒豆子——直来直去，还不到半节课时间就把内容讲完了，剩下时间我只有叫学生们看书、板演、做习题了。

后来，我在指导老师彭裘祯的培养下，经常随堂听课，不断钻研教材，反复探索教法，精心设置教学过程和步骤，耐心辅导学生，教学效果明显得到提高。

通过一个学期的教学实习，我学到了不少在社会上做人的道理，学到了不少教学管理知识和课堂教学方法，我更是爱上了学校生活，爱上了那群活泼可爱的学生。这一个学期的实习，奠定了我今后教学生涯的基础。

（四）

在仙下中学实习时，我班上有位学生名叫郭伟英，正好是郭巧英的妹妹。于是在学习上，我特别注意、关心、辅导她。周末若有时间，也会去她家辅导，又能看上一眼我思念的人——郭巧英，一举两得。

通过多次来往交谈，方知她们的母亲早年去世后，父亲独自生活，巧英和一个弟弟、两个妹妹都跟随大哥郭洪发生活。

有一天下午，在闲聊时，无意中我问她道："巧英，你们是哪里姓郭的？"

"我的祖籍是在车头公社车头大队曲迳生产队。"她停了片刻又接着说，"因父亲工作原因，徙居仙下圩。"

"噢，原来咱们也算老乡（那时段屋属车头公社）。"我好像找到了与她共同的话题。停了片刻，我又问道："在你这家店门住的还有两户是谁呀？"

"是我的两个哥哥。"

"真羡慕你有这么多哥哥！"

"我一共有十一个兄弟姐妹。"

"啊！你怎么有这么多兄弟姐妹？"我有点惊讶地问她。

这时，她给我讲起了一段家中的沧桑史："我父亲名叫郭志远，生于1921年，原在仙下供销社工作，落户于仙下圩，后在仙下圩上盖了房子，头婚娶了仙下高兴村朱府公女朱氏，生下三男二女。朱氏因病去世后，我父续娶仙下圩刘祝尝之女刘慧琴，也就是我的亲生母亲，她又是从岭背水头谢屋改嫁过来的。"

"噢，原来你母亲是第二嫁。她的经历一定不一般。"我不由得打断了她的话题。

她停了片刻接着说："母亲生于1926年，她的原配丈夫名叫谢廷辅，生于1918年。在1949年春，谢廷辅在江西省立赣县师范学校学习。完成学业回到家里，当时内乱不已，社会上难找工作。六月中旬，谢廷辅与同学四人结伴赴赣县谋出路，在宗亲寿庚的介绍推荐下，加入国民党宪兵队。过了些日子，谢廷辅和同来应征的四人，受连长指示，由宪兵教练带队，奉命回家乡招兵。任务完成后，临别家乡时，谢廷辅告诉亲人们，可能这一别，将远行他乡。那时，我母亲已有孕在身，默默无语，满眼泪水，以目视腹，似乎在质问丈夫'你走了后，我和孩子怎么办'，可是，形势所迫，既已决定从军，只有暂忍分离之苦。"

巧英停了停又接着说："那时，我母亲年仅23岁，怀孕在身。谢廷辅临走前，含着眼泪说：'琴，我的心上人，这一别也不知何时再相见。你要多保重，等着我回来。如果这胎生下的是男孩，取名港生，若是女孩，取名台凤。'夫妻俩相抱痛哭，难舍难分。当年，母亲生下一女孩，取名台凤，后学名为永英，含义为永远是巾帼英雄。"

"那么你母亲是受过了苦，熬尽了难，可想而知，那时，没男人在身边，生活是何等艰难啊！"我听得入神了，非常同情她母亲的不幸。

"是啊，母亲带着刚出生的姐姐，艰难地等了四年。在那四年中，母亲眼泪哭干了，天天翘足引领，望穿秋水，企盼丈夫早日归来，哪怕是一个口信也好，谁知是杳无音信。后来母亲带着姐姐改嫁仙下郭志远，也就是我的父亲，生下了二男四女，即大哥洪发，大姐春英，小弟智俊，大妹伟英，小妹华英，我排行第三。在同父（母）异母（父）十二个兄弟姐妹中我排行老九。"

"真是个大家庭，你父母养育你们兄妹十二人（五男七女）成长，真不容易呀！"我听了，既感慨又赞叹。

她接着说："1974年春，我与弟弟一同小学毕业，弟弟上了初中读书。由于种种原因，我没再去读初中。但是，我多么渴望读书啊！那时，弟弟放学回到家里，我经常拿他的语文、数学课本看。有时还抄写语文课文，做数学练习题。遇到看不懂或做不出的作业就问弟弟。有时还梦见自己坐在教室听课。自学一段时间后，感觉自己力不从心，无济于事，也就放弃了。看着自己许多童年伙伴都在初中读书，想想自己这么命苦，晚上睡觉经常泪湿枕头。有时，我还把心里话记在日记中，难道我的学生时代就这样一去不复返吗？后来大哥大姐发现我写的日记，就跟妈妈说我还很想读书。于是，爸妈与姐夫商量好，通过关系，1977年冬又把我送去于都共大楂林分校读书了。一年后，因学校搬迁到段屋林场旁，才有幸认识你妹妹小梅……"

"这也是一种缘分吧！在这里要感谢你的好妈妈愿意

送你去读共大。"我轻声地说。

我的话语触动了她的悲伤之事，她禁不住地哭了起来。

"不要哭，坚强些，有什么悲伤事情慢慢说，说了就不会憋着，就不会闷在心里，再大的事，也要放得下……"

在我好言相劝下，她停止了哭声，却抽抽噎噎地说："母亲为了我们兄弟姐妹，受尽了苦，熬过了累，忍饥挨饿，身体越来越差，病痛经常折磨着她，1978年春被诊断得了子宫癌，病入膏肓，秋季就病故了，只有53岁。那时，我才17岁，还有一个弟弟，两个妹妹，失去了母亲，终日痛心入骨，失落感常常涌上心头。"说着说着又哭个不停。

"人有悲欢离合，月有阴晴圆缺。人死不复生，生老病死，谁都不能抗拒。你自己要多保重身体，振作起来，明天会更美好的……"我又安慰了她许久。

她擦了擦眼角的泪水说："人们常言，母亲是家。现在，我才真正体会到这句话的含义。母亲去世后，父亲单独一人生活，好在我们弟妹有一个好大哥洪发，他与大嫂挑起了家里沉重的担子。更使我们弟妹感到幸福的是，姐姐台凤也全力协助哥嫂支撑着我们这个大家庭，不是母亲却胜似母亲，时时处处都在关心着我们成长。"

"俗话讲，吉人天相。你还是有福，哥嫂和姐姐都这么有善心地待你们。"我内心为她感到高兴。

"我大姐现在供销社百货商店上班，姐夫泽辉在本公社工作，他们俩对我家够关心了。大哥既会缝衣又会弹棉花，生意也算还可以。"她看了我一眼，又接着说，"今年春共大毕业后，暂时还没找到合意的事做，待在家里，帮姐姐带两个小孩，我也不知今后的路往哪走。"

"俗话说，车到山前必有路，船到桥头自然直。虽然目前没找到合意事做，时机到了，机遇来了，总有解决的办法，多保重身体就是。"我看出她对生活有些迷茫，便开导安慰着她。

这天下午，我俩谈了许多各自的经历，真可谓相见恨晚。我与她有着相似的经历，这更促使我对她产生了一种怜悯与爱慕的心情。

在往后的日子里，略有空闲，我都会去陪她聊聊天，让她开心。从谈古说今，到相互鼓励；由各自的遭遇，到对美好生活的憧憬。我们时而泪水涟涟，时而开怀大笑。

（五）

时光似水流，一个学期的教学实习，转瞬即逝。在离开仙下中学的头天下午，我特意来到仙下圩与巧英告别。

"巧英，我们的教学实习已结束，明天将启程返家，待文教局分配后才知在哪工作。"我有点恋恋不舍地对她说。

"祝愿你能分到一个条件好、环境好的学校。"她先怔了一下，然后带着笑容对我说。

"谢谢你的祝愿！我也祝福你在今后的人生道路上越走越光明，生活越过越甜蜜！"听了她的话，我内心感到欢欣，并由衷祝福她。

"到了新的学校，要记得给我捎个信呢。"话一说完，只见她脸红了一阵。

"会的。我不会忘记你的。就是这一别，不知何时能再相会了。"我既诚恳又惋惜地说出了心里话。

这天下午，我们俩又谈了许久，总觉得有倾吐不完的话要说。那时，我对她产生了情意绵绵、藕断丝连的情感，但她对我可能只是朋友一场的关系，也许是我单相思而已。"人生本过客，何必千千结"，一切随缘吧！

正是：今朝来告别，何日再相逢。哪天若相聚，当面诉真情。

工作分配

跃马挥戈战仙中，首回告捷永恭谦。

重逢好友衷肠诉，但愿相知友谊添。

（一）

1980年2月23日上午，全县1979届师范类大、中专院校毕业的学生聚集在县城红旗大道县政府招待所，由文化教育局（简称文教局）组织师资培训，次日颁发毕业证书和工作分配介绍信。我拿到介绍信一看，喜出望外，我和一起实习的同学刘庶平都被分配到仙下中学任教。这样，既可和熟悉的同事在一起，又可与朝思暮想的知心人相见，这也许是老天爷的安排。

3月2日，我信守承诺，带着弟弟，重新踏上了去仙下中学的路途。

那时，刘庶平任初二（3）班语文老师和班主任，我任教该班的数学和物理课程，兼学校电路维修和广播室工作。而弟弟被分在初二（1）班学习，他的班主任是朱士杰老师。

虽然当时我工资每月只有28.5元，一年转正后每月也才29元，但我很幸福，也很知足，除了负责弟弟的学习、生活费用外，还为能帮母亲挑起家庭重担而高兴。

（二）

"牵挂日日又夜夜，无眠伴宿又一宿。"

3月4日，正值仙下逢圩。上午，我上完课后，怀着激动、企盼的心情，来到郭巧英家。她大嫂对我说："考女子在她大姐那边带小孩。"

我连忙赶过去，只见巧英在她大姐门前禾坪（晒场）上，带着一个不满三岁的孩子在玩耍。

"巧英，你好！"一见她，我的心跳便加快，老远就开始向她问好，紧接着三步并两步走到她跟前。

"这是你姐的小孩吗？"我明知故问，寻找话题。

"是我姐的小孩斐斐。你怎么来仙下了？"她有些讶异，并且腼腆地看着我说。

"有缘千里来相会，我已被文教局分配到仙下中学工作，今后我们又可以在一起聊天了。"我把这个好消息告诉了她。

"祝贺你正式参加工作，也祝你在教育战线上取得优异成绩。"她感染到了我的欢乐与幸福，开心地祝福我。

"谢谢你的祝福，我决不辜负你的期望，一定会努力工作。"我向她致谢，并关心地问她，"近段时间你还好吗？一切顺心如意吧？"

"谢谢你的关心，我一切都好！"她笑了笑，正视着我，"走吧，到我姐姐家坐坐，泡杯茶喝。"她热情地邀我进她姐姐家。

…………

在她姐姐家，我俩边喝茶边聊天，无忧无虑心宽畅，自由自在不拘束。但由于工作需要，只与她聊了一个小时左右，我便依依不舍地回学校了。

（三）

1981年春，我和刘庶平老师圆满送走了那一届初中毕业生。这年冬，刘庶平老师去赣州教育学院脱产进修了，我们两地书信来往，情谊随日俱增。

1981年冬，肖卿豪校长调往县城关小学，新来的校长是肖瑞裕，吕应明教导主任回兴国老家工作了，由管让林负责教导处工作。

　　这个学期，初一年级招了四个班。初一（1）班班主任管希煌，初一（2）班班主任方赖发，初一（3）班班主任肖李长，我担任初一（4）班班主任和数学科任老师，另还上了初二（3）班的物理课，兼负责学校电路维修和广播室工作。与我搭档的初一（4）班的语文教师是李咸棠，英语教师是李军，我们三人相处融洽，配合默契。

　　1982年冬，原初一的四个班拆分为三个班（原（3）班拆分在（1）、（2）、（4）班），我担任了初二（3）班的班主任，同时上这个班的数学、物理课。

　　《三字经》所言：养不教，父之过。教不严，师之惰。

　　自1981年接下来的两年班务工作中，我严格要求学生遵纪守法，同时经常开展丰富多彩的活动。

　　对班干部，我放手让他们去管理。记得那时的班干部有：班长邹礼迪，副班长方忠东（后当班长），学习委员李罗生（振华），生活委员刘五星，劳动委员方地阳（旭日），体育委员方九阳。我严格培训班干部，培养他们动脑、动口、动手的能力，放手让他们自己管理自己。班刊中每天由值日干部报道班里动态、学生情况，表扬好人好事，批评不良倾向。每周班会课，都有主题活动，先由值周班干部总结一周班里的工作，然后，围绕班会主题畅所欲言、激发情感，增强班集体凝聚力和荣誉感。

那时，学校有一大片土地，各班都有蔬菜基地。每周劳动课都是在我的指导下，由劳动委员方地阳全权负责安排同学带劳动工具和各小组劳动任务的分工与合作。

在班里劳动中，我与学生一道种菜，大白菜、萝卜、茄子、辣椒、红薯、芋头等，那丰收的情景依然在目。由于各班都种蔬菜，学校食堂菜价也就相当便宜，每份菜的价格是：蔬菜2分，豆腐5分，炒鱼1角，炒猪肉、鸡肉、鸭子肉2角，米粉肉3角。

（四）

为师者，须有慈爱之心，襄扶之意，才能对学生做到动之以情，晓之以理。尤其是对后进生，要关怀备至。

记得有一天，方地阳身患重感冒，带病坚持来校学习，一位学生告诉我，说他几顿都没吃饭。我特意去校外商店买来面条，煮好端到宿舍叫他趁热吃了，还给了他些感冒药，叫他按时按量服下。

"老师，您真好！像我的亲父母。"他感动得流下了眼泪，然后脸上又露出了微笑。

我看着他津津有味地吃着面条，百感交集。

有次上课，我发现方地阳又不在教室，询问学生才知他身体又不舒服，在寝室睡觉。我来到二楼寝室里，只见他睡在床上，呕吐的食物在身上、床上、楼板上到处都是，一股难闻的气味扑鼻而来。我见状，叫醒了他，不顾脏臭把他背下楼，然后蹬上学校唯一的交通工具——自行车，护送他回到五六里路远的石坑子村下马山家里，并把地阳在学校的病情告诉了他父母。

"段老师，您真好！谢谢您这么热心关怀我的孩子。"方地阳的父亲很感动地说。

"不必谢，这是我们应该做的。这几天就让地阳在家休息，待病情好转来校后，我们再为他补耽误的课。"

"老师，您坐下来先休息一下，喝杯酒，吃点果子。"方地阳的母亲热情地招待着我。

"谢谢阿姨，我不会喝酒。"

"那么我去沏一壶茶给您喝。"方地阳的母亲赶紧拿着茶壶要去沏茶。

"阿姨，不要沏茶了，我现在要赶回去，下节课还等着我上呢。"我边说边走。

在方地阳家，我连口水也没顾上喝，便急忙返回了学校。

（五）

邹伟华是班里学习成绩最好的学生，他性格内向，沉默寡言。我通过家访了解到，他读小学时父亲就病故，他母亲带着五个孩子艰苦度日，家庭极为困苦。想想自己家庭，我感同身受，因而对他产生怜悯之心。我经常为他解决学习和生活上的费用，还发动班里同学献爱心，有许多同学送饭票、菜票给他。这使他更加努力刻苦学习，在初中毕业升学考试中总分名列全校第一，以高分考取了县重点高中。

1987年高考，邹伟华被清华大学计算机专业录取，后又获美国宾夕法尼亚大学沃顿商学院工商管理硕士学位，现为广东惠州市伟乐科技有限公司创始人、董事长。于都电视台的《于都人在外乡》栏目记者专题采访了邹伟华，并报道了《知识改变命运的于都人——邹伟华》。邹伟华如今追求的目标是：做一个受人尊敬的世界级企业，使公司更伟大、更快乐（伟乐）。

（六）

有一天早晨，班里住校生卢某起床后，告诉我说他身上20多元饭票、10多元菜票和两元钱不翼而飞。于是我分别找了20多个学生了解情况。经反复调查取证，巧用推理、筛选的排除法，最后锁定一个平时性格内向、与同学交往少、看起来挺老实的学生方某。经过我几天的引导、启发，以及苦口婆心的耐心教育，他的防线被攻破，便讲出了内情。他对我说："我头天发现卢某身上存放了不少饭票、菜票和钱，于是便起了歹心。那天晚上半夜醒来，趁大家在梦中，我便轻手轻脚地走到卢某身旁，悄悄地偷走了他的饭票、菜票和钱。这几天已用了两斤饭票，一元五角菜票，两元钱已用去大半。"

经核实，方某所言与卢某少的饭菜票和钱相符。剩下的饭菜票和钱我帮忙补齐后转给了卢某。为不伤害学生方某的自尊心，我没告诉班里是谁行盗，一直为其保密。

通过这件事后，方某在班里各方面都比以前做得更好，自觉遵守纪律，勤奋刻苦学习，心里有什么话都会跟我说。后来，在对他家进行家访时，了解到他没母亲，缺少母爱。于是在生活上我更是格外关心他，当他饭菜票短缺时，我都给予接济，使他感受到在学校的温暖。

（七）

对教学工作，我更是一丝不苟，爱岗敬业。清华大学原校长、教育部原部长蒋南翔曾经说过："学校既要给学生'干粮'，还要给学生'猎枪'。""干粮"就是老师上课传授的知识，"猎枪"就是要培养学生自主探索学习能力。我觉得，教育并不只是"传道、授业、解惑"，还要结合学生自身实际，培养他们爱学善问的思考习惯和动手能力。我通过不断创新教学方法，认真钻研教材，精心设置教案，着力培养学生的学习兴趣和实践能力。特别是物理课，我带领学生做好每次物理演示实验，并放手培养学生实验操作能力，让学生自己动脑、动手得出物理现象和规律。

1982年春，我身患尿路结石，有时腰痛难忍，扶着黑板带病上课。后来病情严重，小便带血，才到仙下卫生院住院，一个星期病情好转后，立即返回学校工作，并利用周末时间为学生补回耽误的课程。

另外，我积极参加体育锻炼，坚持早晨跑步，下午打篮球，不断增强体质，提高身体素质。

在仙下工作期间，通过自己的辛勤耕耘，在同事的热情帮助和学生的共同努力下，我在教育教学工作中取得了优异成绩，被学校评为优秀班主任、优秀教师。1983年春的全县期末统考中，我所任学科成绩平均分物理名列全县第二位，数学名列全县第九位。

千里姻缘

缘是天意逢旧友，重登故地遇同欢。

膝谈恋友衷肠诉，厚意姻联已觉甜。

（一）

在仙下中学工作期间，略有余暇，我都会主动去仙下圩找郭巧英聊天，交流思想，建立感情，分担她的忧愁与寂寞，一起分享幸福与欢乐。有时带她及她家人一起进公社礼堂（电影院）看电影，有时帮她大哥、大姐做点力所能及的家务或农活。

路遥知马力，日久见人心。人非草木，孰能无情？渐渐地，她也进一步了解了我，对我也产生了爱慕之心。

记得在1980年春耕时，她妹妹郭伟英正读初三，学校要求毕业班所有任课教师都要对本届学生进行家访，我被学校分在仙下圩家访。

正合我心意，除找她大哥了解学生在家思想、学习情况外，还可以顺便看看我日久思念的人。

来到仙下圩，郭巧英在家，我们相互问好后聊了会儿，然后告诉她说："我是来家访的，要找你大哥了解伟英在家的情况，以及家长对学校有何建议、要求。"

她对我说："大哥去仙下中学旁陈汾乌板坑犁田了。"

"我去那边找你大哥，也可看看他犁田的农活。"为完成家访任务，我往她讲的地方去了。

我按照巧英讲的路线，很快来到乌板坑田间。只见她大哥满身都是泥巴，只看得到两只眼睛和一张嘴。

"段老师，你怎么走到这田里来呀？"他奇怪地问道。

"郭师傅，我到家里找你，想了解伟英在家的思想和学习情况。听说你在这里犁田，我就过来了。"我见他如此这般，笑了起来。

"这头牛真会欺负人，它根本不听我的使唤。也许它太聪明了，总不愿意犁田。它向前走几步接着就往后退几步，这一退，牛的后脚就踩到套绳外面了，又要把牛轭拿下来，重新套好才能犁田。这样反反复复，人累苦了，牛也走困了，犁了半天，不但没犁好田，反而还弄得我一身都是泥巴。"他显得万般无奈，苦笑着说。

"我来试试看。"我边说边脱鞋袜，撸起裤脚走到水田里。

我右手扶着犁，左手牵着牛绳和拿着赶牛的竹枝条

（赶牛鞭），挥动牛绳，"啪"的一声，鞭抽牛背，吆喝一声："嘿！"这时牛猛向前走了几步就往后退。我早有预防，顺势拉着犁跟着往后退，只见那牛轭压着牛的颈脖左右摆动，看样子痛疼难忍，退了几步，牛未得逞。我再用竹枝条使劲抽了牛背一下，并又大声"嗨嗨"起来，牛往前走了几步后又往后退，我用同样方法对付牛。就这样，一进一退，一抽一"嗨"，反复多次，牛不得不承认遇到了对手，只有老老实实、服服帖帖地一步步往前走。牛在我的指挥下，听着"嘿"（走）、"嗨嗨"（快点走）、"哼"（停）的嘞嘞乐曲，越走越快，不到半个小时，这丘水田就犁好了。

"段老师，你真行！这头牛竟然这么听你的话，真是令人佩服啊！"巧英的大哥竖起大拇指对我说。

"没什么，你过奖了。"我对他点头笑了笑说，"其实，牛也有灵性，懂人意。"

我解下套在牛颈脖上的牛轭，牵着牛离开水田，让它在山坡上吃草时，我与他坐在山坡草丛上，谈起了伟英在校的情况，还了解到伟英在家期间的思想和学习情况，他还对学校的教学提了一些建议。

另外，还有两次劳动，一次是帮巧英的大哥家楼上砌储存稻谷的仓库，另一次是帮她大姐在房门前新建一块晒谷坪。通过犁田、砌仓库、修建晒谷坪这三次劳动，她大姐、大哥更看出了我是个诚实、勤劳、吃得苦之人。

由于频繁地与郭巧英一家交往，他们对我留下了深刻的印象，更了解了我和我的家庭。随着时间的推移，感情得到培养，情谊慢慢加深。因此，她大哥、大嫂和几个姐姐都喜欢我，这在后来她对婚姻犹豫不定时，起了决定性的作用。也是从那时起，我俩的恋爱正式拉开了序幕。

（二）

1980年5月27日，我第一次收到郭巧英的来信：

友：时间如流水，光阴似飞箭。近一年相识，友谊比海深。你的一言一行都给我留下了美好的回忆。当然，我也只是个普通的姑娘，年纪还轻，对很多事或问题不太了解，需要人给我帮助和鼓励，你可了解我此刻的心情？知道我对友谊是多么珍惜……但我认为，真正的友谊，只有在同志式的批评和帮助中，才能不断巩固和发展。真正的朋友不为冲突而断绝，真正的感情不为分离而破裂。好吧，让咱的青春友谊越来越美，开出鲜红的花朵。

这张只有巴掌大的信笺，字里行间洋溢着浓浓的情意，充满着对未来美好的憧憬。捧着它，我反复看了数遍，每看一遍，都有一股暖流在我心中流淌。

这天晚上，夜不能寐，欣然提笔回复：

　　巧英：

　　你好！首获惠书，无不欢欣。友发自内心的心语，感人肺腑，扣人心弦，备感亲切温暖。简练几句，道出了你心中激情，畅吐了满腹蜜语。谢天谢地，在这人海茫茫之中与你相遇，与你相识，与你相交……

过了些日子，由于思念巧英，便又写了封信给她。

　　亲爱的英：

　　你好！

　　相处许久，结下厚情。你对爱情是那样忠贞不渝，对世事是那样通情达理。咱俩之间，不分彼此，如骨肉相连，呼吸相通，同声相应，同气相求。俗话讲，恩德相结者，谓之知已；腹心相照者，谓之知心；声气相求者，谓之知音。茫茫人海，何处觅知音？在这生活的海洋里，我今天能觅到你这样一位知音，知足矣。

她在回复我的信中写道：

亲：

爱情使我近来总是激动、兴奋，好像雨露般滋润着我的青春。当我看到街上迎面走来的人们，我总觉得每个人都那么和蔼可亲，微笑地看着我。是他们知道我近来的恋爱？还是我的表情把秘密泄露了？

的确，有许多人不知我们的爱情，还在打听着我，问长问短。他们总认为我要求很高。可我真不知怎么去和他们解释……

本人的爱情只能有一次。不管会怎样，我也打定了主意。世界上只有你和我最相爱，当我回想起我们欢乐地在一起时，感到多幸福呀，展望未来，咱俩将要在一起度过终生……

那时没有手机，就这样，我们在鸿雁传书下，不知不觉地恋爱了。

（三）

1980年5月31日晚上八点多，我和巧英在门前晒场谷坪埂上紧挨着，她坐在我右旁。面对小河流水潺潺，仰望天空星辰闪闪，我俩促膝谈心，倾吐衷肠，情投意合，好像这晚的星光特别亮，周围格外静，双方几乎都能看透对方的心灵，互相听见彼此的心跳。

"姐夫和姐姐帮我找了一份工作，过两天我就要去仙下园艺厂上班了。"她很高兴地跟我说。

"仙下园艺厂在哪？"我紧接着问。

"在仙下圩西南方向的洋田大队红旗岗，离仙下圩有五六里远。"

"园艺场以种植什么为主？"

"以种茶叶为主，基本是茶山。"

"这样，你可大显身手，发挥在共大学的园艺技能了。到时候，有好的茶叶记得为我捎来一点，品尝你的手艺哦！"

"那是小事一桩！"她很自信，满有把握地回答我。

"可是咱俩今后见面的机会就更少了。"

听了她的话，我心里也是有些难舍难分，欲言又止。

我开始一只手握着她的手，与她越挨越紧，她顺势靠在我右肩上，瞬时，如一股电流通过全身。这时我控制不住内心的情意，情不自禁地侧过身，抱住她，她也回抱我，我们献出了彼此的初吻。

这晚，我们说了许多悄悄话……

自从巧英去了园艺厂，距离远了，我俩见面的机会也随着减少了，但两颗火热的心却靠得越来越近，几乎融合在一起。

她在一次给我的信中说："虽咱俩见面的机会少了，但你对我的直率，对我的善意之心，对我忠贞不渝的爱情，激起我内心对你无比思念和爱慕的浪花！……"

这年10月23日，正是霜降，凉秋将过，寒冬即来，天气逐渐转冷。下午她妹妹伟英来校上学时特意转告我说："我姐从园艺厂回家了，下午或晚上有空过去聊天。"听到这个好消息，我喜出望外，心里乐了一阵，难得她回家一次，本应立即去与恋人相聚，但因下午自己有两节课，晚上还有自习课要下班辅导，工作要紧，脱不了身，便提笔写了张字条，叫伟英转交于她。

　　亲爱的英：你好！数日未见汝颜，朝暮怀恋于心，思念不及。本应抽空相见，欢叙一番，只因工作甚忙，无暇顾及，改日再访，敬请谅解。近来天气有所变化，寒冷已临，望保重玉体，勿受寒矣。祝幸福愉快！你的心上人：山即日

　　一个星期六下午，我安排好弟弟在校的生活和布置完周末学习任务后，离校返家。为了看上久别的恋人一眼，特绕路来到红旗岗园艺厂。

　　她正在茶山劳动，见我来了，赶紧过来。

　　"今天刮什么风，把你吹到这里来了！"她惊喜地看着我说。

　　"很想看上你一眼呢，回家路上特意绕路过来的。"我毫不掩饰地说出了心里话。

　　"走吧，到宿舍沏杯茶喝。"她会心地笑了笑说。

　　在她的引路下，我们来到了宿舍。

　　由于我要赶路回家，喝了几杯浓香茶，聊了几句知心话，看了几眼心上人，便准备起身回家。

　　正要走时，她递给我一张两寸黑白的相片，说："这是我共大毕业后照的，想我的时候可看一看呢……"

　　"在哪照的？"我看着相片问她。

"就在你学校快到仙下圩的公路桥下的河岸上照的。"她回答我说。

我看了又看，只见相片中的她站在仙下河（俗称紫溪河）的河坝上，一顶太阳帽遮盖着乌黑发亮的秀发，两只小辫子分别垂在两肩上，双眼含情，满面含春，大半个身子靠往左边，挺胸正视，侧身略向右倾，显出那女人的曲线美。上身穿一件白色印花衬衫，左手稍弯按住挎在左肩上的小挎包，右手向下垂，看起来更显得气质恬静，体态轻盈，大方单纯，可亲可爱，越看越好看，越看人越美，真可谓是"情人眼里出西施"。

我把相片收藏好后，为赶路回家，连忙抱着她亲了一下，便依依不舍地离开了仙下园艺厂。

在那些日子里，我把那相片时时带在身上，只要想起她，便偷偷地拿出来看上几眼。有次，防不胜防，被刘庶平老师发现，他看后赞叹不已。有时，工作之余我与他在校园无聊散步时，他也逗我，叫我把相片给他一饱眼福。

我和巧英一年多的深情交往，月老看在眼里，终于用红线把我俩牵在一起，我们于1981年元月31日按照农村习俗举行了定亲仪式。

（四）

1981年10月10日，是星期六，早饭后，巧英首次随我从仙下一同来到段屋家里。她了解到我家竟是如此寒酸。

晚饭后，我俩牵着手漫步在去段屋小学的小道上，我们边走边谈。

"要不是你忠诚老实、勤奋刻苦，以及我哥嫂、大姐相劝，像你这样的家庭，也许咱们不能走到一起，也许是缘分吧！"她说的话恰如其分。

"只要咱俩同心同德，吃苦耐劳，共同努力，定能像电影《甜蜜的事业》主题歌唱的'我们的生活充满阳光'。"我既内疚又充满信心地鼓励她说。

这时我俩异口同声、欢欣鼓舞地唱起了《我们的生活充满阳光》这首歌：

> 幸福的花儿心中开放，
> 爱情的歌儿随风飘荡，
> 我们的心儿飞向远方，
> 憧憬那美好的革命理想。
> 啊！

亲爱的人啊携手前进，携手前进，
我们的生活充满阳光，充满阳光。
…………

这歌声打破了宁静的夜晚，随风飘荡着。

第二天早晨，我起床洗漱好，来到隔壁巧英与妈妈、妹妹睡的房间，房间摆了两张床（一张妈妈与两个小妹妹红香、红花睡，一张巧英与二妹小梅睡）后，显得较拥挤。只见巧英一人坐着梳头，妈妈和三个妹妹早已起床出去了。

"昨晚睡得香吗？"我关心地问她。

"不知怎的，一直都睡不着，头脑里浮想联翩，神游梦境……后来看见你来了，我们俩拥抱在一起……正享受这甜蜜的爱情时，突然你妹妹从后边走了过来，还对准我的耳朵轻声地叫我。我倏然一惊，睁开眼一看，天已大亮了，原来是你妹妹站在床边，正叫我起来吃早餐。"说完，她对我笑了笑。

"噢！原来是在做梦。俗话说，日有所思，夜有所梦。这说明咱俩情深谊厚，心心相印。"我边说边笑，然后不假思索，本能地抱着她亲了一下。

（五）

我与巧英自定了亲后，更是亲密无间，如影随形。一次我俩在聊天时，我问巧英："你在仙下园艺厂工作也不是长远之计，今后打算做什么事？"

"我想学做衣服。"她直截了当地回答我。

"行，你大哥正好是做衣服的手艺人，在他那里学就是了。"

"可我现急于买一台缝纫机，正缺钱呢。"

"钱我会想法凑好，就是要买到一台有名的缝纫机。"

"这你放心好了，我哥一位朋友在仙下供销社当干部，虽然名牌货紧缺，叫他买台上海有名的缝纫机肯定没问题。"

后来待我凑齐钱，她果真买回了一台热销全国的蝴蝶牌缝纫机，当时缝纫机是那个时代的三大件（手表、缝纫机、单车）之一。

于是她辞去了仙下园艺场的工作，在大哥处学了几个月做衣服。这年7月中旬，我听说下学期小学要聘请一些代课教师，我把这个消息告诉巧英："小学要聘请代课教师，你想去代课吗？"

"好啊，我喜欢当教师，这是我从小最羡慕的职业。"

她高兴地说。

"不过指标有限，不是你想去就能去的。我还得找学校领导问问，看能否办成。"

"那我等你的好消息了。"

那时仙下公社教师辅导站（管理全公社所有学校以及学校教师的单位）恰好就设在仙下中学，我找到了辅导站王承萱校长。

"王校长，能否帮忙解决一个人代课？"我开门见山地说。

"是你什么人呀？哪个学校毕业？"王校长和蔼地问道。

"她是我的未婚妻，共大毕业在家。恳请校长关照，万分感谢！"我诚恳地回答。

"好的，如果需要请代课教师的话，我会通知你。"他面带笑容和蔼地对我说。

9月开学时，王校长通知我叫巧英去仙下上方小学代课。当我把这个好消息告诉巧英时，她喜出望外，热泪盈眶。

报到那天，我请了假，与巧英一起带着行李来到上方小学。校长方奕伦、教导主任周璇热情地接待了我们。安排就绪后，我便返回了仙下中学。

巧英刚走上学校工作岗位时，只要我有空闲，都会去上方小学，指导她如何钻研教材、备课、上课。有时随堂听课，课后互相交换意见，因此她的教学水平也不断地提高。

"十年修得同船渡，百年修得共枕眠。"1982年3月7日，我和巧英在仙下公社办理了结婚证，并于3月13日依照当地风俗举行了迎亲仪式，操办了婚宴，亲朋好友欢聚一起，共庆良辰佳日。

爱人工作

授讲平台显身手，辛勤浇灌青丝白。

从教三十五周年，桃李芬芳蹊下迹。

（一）

我与巧英从相识、相知到相恋，于1982年春结婚。同年9月22日，巧英先在仙下上方小学代课，后受车头（溪）公社（原段屋公社并入车头公社）教师辅导站的聘请，回到了家乡段屋小学代课，再到浒坝村小代课。

巧英于代课期间的1982年12月11日生下儿子，取名宗鹏。1986年1月14日生下女儿田丰。

巧英生下第一胎后，由于种种原因，1983年春辞去了小学代课这份工作，在家带养孩子和做些家务农活，那时生活极其贫困，常常入不敷出。

"车到山前必有路，船到桥头自然直。"我们夫妻俩想方设法在紧靠自家房墙壁搭建了间土坯矮房，开了间小卖部，经营小百货、日杂用品、副食等。因大姐在仙下圩供销社开店经商，她鼎力支持巧英开店创业，要什么货都从她商店拿。每次我从仙下中学回家，都要从她商店挑一些货物回来。

那时，交通不方便，特别是车头（溪）到段屋横跨梅江河一段，要乘渡船。待我们把货卖到一些钱就把货款（按进价）还给大姐，就靠赚点商品差价来维持家中生活。

那时，我村庄桂林坑有600多人口，仅有一家店铺，加上店铺又是临大路旁，邻近村子人群赴段屋圩又经过我家店铺，所以人来人往，生意还好。

每当农历三、六、九逢段屋圩日，巧英都要背着不满周岁的孩儿在街上摆摊子，酷暑严寒，刮风下雨，照样不误，使她饱尝了艰辛，熬受了苦难。

1983年冬，我调入山塘中小学工作，在学校领导的关怀下，巧英重返学校代课，先跟随我在山塘小学代课，尔后到下刘屋村小、温屋村小代课，最后又辗转回到家乡大屋村小代课。

1993年10月，根据国家有关政策，巧英被教育系统招聘为合同制工人，以工代教，先后在山塘初中、花桥小学、石燕小学、梓山中心小学任教。

为提高专业水平，巧英积极参加了赣州师范学校中师函授学习，她勤奋刻苦、坚持不懈，于1996年6月毕业。

（二）

时光易逝，岁月如梭，巧英三十五年教学生涯弹指一挥间：

1996年12月聘为小学二级教师。

2000年1月聘为小学一级教师。

2006年5月聘为小学高级教师。

2005年12月调入于都实验小学任教，2016年4月于该校光荣退休。

几十年来，巧英在生活、工作中经历了许许多多的坎坷，面对各种困窘，苦也吃过，难也遇过。无论是在家里家外，还是在校内校外，她总是表现出沉着冷静，尽责尽心，不急不躁，不畏不屈，敢做敢为，敢拼敢闯，持之以恒，奋斗不息的精神，在教育、教学中取得了较好的成绩：

2002年撰写教学论文《浅谈语言文字训练的注意点》刊于《于都教研》2002年第2期。

2002年撰写教学论文《谈幼儿生活自理能力的培养》获县教育局评比三等奖。

2003年幼儿教师自制玩教具"幼儿环保拉力器"获县教育局二等奖。

2003年9月被梓山中心小学评为优秀班主任。

2004年撰写教学论文《探究式教学法在教学中的应用》获中国教育学会二等奖。

2004年参加县幼儿教师说课比赛获县教育局三等奖。

2009年2月被于都实验小学评为优秀教工。

2010年2月被于都实验小学评为优秀教工。

2015年9月由江西省教育委员会颁发"从教30余年，立德树人，无尚光荣"荣誉证书。

吾弟往事

苦藤结果成双对，作伴甜馨系厚情。
历经磨难何所欲，只为来日请长缨。

（一）

弟弟生于1965年5月6日。他的幼儿时代，正是父亲走进低谷、劫难重重、患病身亡之时。他的童年步入了家境贫寒、穷困潦倒之日。正因为早年失去父爱，弟弟常受同龄人的歧视、欺负，加上母亲对弟弟的溺爱，导致弟弟十分淘气。

1977年春季，年仅12岁的弟弟小学毕业了，初中未被录取。

暑假期间，过了农历七月半，弟弟便与母亲商量好了，准备过两天跟随本村先何叔叔去提瓦桶（学做瓦）。

我发觉弟弟要去提瓦桶后，便狠狠训了他一顿，语重心长地说："弟弟，你不能步大哥后尘，你要吸取大哥的教训，千万别重蹈覆辙呀。我小学毕业后实在没办法才去提瓦桶。那时，我多么渴望读书啊！你现在还有我这个大哥在支撑着这个家。你还小，正是读书的时候。俗话讲，万般皆下品，唯有读书高。哥哥会想方设法让你完成初中学业，甚至高中、大学。你要为家里争气，为列祖列宗争光……"

后来，为了弟弟读书之事，我东奔西走，多次找段屋中小学有关领导求情，他们却说："你弟要回学校读书，需经上级领导同意，我们不能随便接收学生。"

于是，我不辞辛苦，到车头（溪）公社找政府分管教育的罗冠荣宣传委员，最后罗委员答应让弟弟再回小学读五年级（小学五年制），打好基础，来年再考初中。他还说开学前会来趟段屋中小学，叫学校领导为弟办理读书之事。

开学前两天，我再次到段屋中小学找领导："校长，公社领导同意了我弟弟来校再读一年五年级，他们是否与你们讲了？"

"这些天政府领导还没来过学校，估计是工作较忙。要么你自己再去一趟公社，叫他们写张便条给你带回来也行。"校长耐心地对我解释说。

下午，我因生产队有事走不开，只有叫母亲代我去车头（溪）公社找分管教育的领导。

母亲来到政府办公室，谁知真不巧，领导下乡去了，等到傍晚六点多钟他们才回来。

"罗委员，您好，我特来找您，为儿子读书的事。"母亲开门见山地说，并把弟弟要读书的详情讲给他听。

"我这几天工作较忙，挤不出时间去段屋中小学，让你跑路，对不起了。我现写张便条与你，你交给学校的郭校长，他们会给你小孩办理入学手续的。"罗委员彬彬有礼，边说边拿出笔来写着。

"太谢谢您了！"因天色渐晚，母亲接过条子，匆匆忙忙赶路回家。

待母亲返回梅江河时已经天黑了。渡口管理有规定，晚上一般不摆渡。吉人自有天相，母亲向摆渡人说明原因后，得到了他的同情。在那滔滔河水扬波、茫茫黑夜朦胧之时，摆渡人送母亲过了梅江河。

母亲走到家门口，看见我们兄弟姐妹都在大门前盼望。母亲赶紧抱着弟弟流下了泪水。试想，如果母亲未归，我们会多么担心，将彻夜难眠。

1977年9月开学的日子，我带弟弟来到段屋小学，把"条子"交给郭校长，学校为他办好了重读五年级的手续。

一年后，弟弟考取了段屋初中（那时还没普及九年义务教育，读初中要参加小学毕业升学考试，按成绩录取）。

1980年春，我到仙下中学工作，弟弟跟随我在仙下中学读二年级。在我的严厉管教下，弟弟勤奋刻苦，学习进步很大。

1981年冬，弟弟考取了于都重点中学。

1984年春，弟弟高中仅上了中专分数线。同年8月参加段屋乡政府招聘乡干部考试，文化成绩上线。

在当时，由于我刚参加工作不久，工资才42元/月，要维持家里七个人的生活，经济较困难。于是，我就劝弟弟去乡政府应聘，或读中专。

可是弟弟为了今后的前途和发展，更是为了今后的家庭振兴，请求我说："大哥，请你们再让我去高三补习一年吧，我一定会努力刻苦，发奋学习，争取考上专科以上的大学。我也深知家里经济状况，哥嫂你们再艰苦几年，待我学业有成之日，我一定好好报答你们，请你们相信我吧……"

在弟弟的多次恳求下，我和巧英同意了弟弟去补习。

（二）

"世上无难事，只要肯登攀。"

弟弟怀着美好梦想，带着亲人期望，来到了银坑中学补习。一年后再次参加高考。1985年9月3日，弟弟收到了赣南医专的录取通知书，全家如释重负，欢欣鼓舞，弟弟终于圆了他的大学梦。

为了弟弟上大学的费用，家里把先养好的一头大肥猪宰了，准备把卖的钱全给弟弟。

人算不如天算。一些与我家超支款挂钩的人赶来，拿着猪肉称了称便说："记个数。"三下五除二便把猪肉瓜分了。我只能眼睁睁地看着他们拿走猪肉。

弟弟上大学的学费落空了，我只有向亲朋好友借，东拼西凑，才凑齐学费。

弟弟大学三年的学习与生活费用，寅吃卯粮，常常接济不上。凭我那时微薄的工资，除了养家糊口外，所剩无几，唯有向同事、朋友求援，借钱供弟弟急用。一些好心人非常同情我的困境，向我伸出温暖之手，才使弟弟顺利完成学业。

（三）

弟弟在大学读书，生活极其艰苦寒酸，但他学习勤奋刻苦。

他在给家里的信中写道："在学校，总是感到孤单、苦闷，没有乐趣，不能像他人那样说说笑笑，打扑克、下象棋等等。"

弟弟除了心中郁郁不乐，还常惦念家里："来校未安下心来，时而看到妈妈悲伤流泪，时而出现痛骂妹妹（红香），而妹妹却呆呆地望着我这位残忍的哥哥的样子，时而出现嫂嫂那瘦弱的身影……"

弟弟也深知我供他读书很不容易，在信中对我说："哥哥，你为了我，为了全家人的幸福，节衣缩食，吃也不舍得吃，穿也不舍得穿，经济上的压力、学校工作的繁重使你喘不过气来，你也越来越瘦，瘦得真是无法形容。当人家谈到你这么瘦时，我心痛不已……。三年大学，我又会给家庭带来很多困难，在这三年之间，我担心你如何撑下去……"

巧英对弟弟学业的付出，弟弟也铭记心里，他在信中写道："嫂嫂，在你身体比较虚弱、常感冒不断的情况下，你却全力以赴为我读书创造条件，你是我的好嫂嫂……"

"谁言寸草心，报得三春晖。"弟弟对母亲的养育之恩亦时刻记在心里，他在信中写道："妈妈，是您用辛勤的汗水、心血把我养大。于都、宁都、赣州、南昌等地，到处都留下您那辛酸、痛苦的泪水，留下了您坎坷、深深的脚印，您美好的青春流逝，满脸皱纹，强壮的身体变得瘦弱无比。父亲的早逝，使您坚强地撑起了这个家……"

弟弟虽然生活简朴，但对未来充满希望，他在信中说："乌云的上面就是太阳，困难的背后就是胜利，艰苦的前方就是幸福。想到这些，怎么能不坚持下去，克服眼前的困难，努力学习？"

天道酬勤。弟弟大学三年寒窗苦读，勤奋刻苦，积极向上，在生活、学习、工作中得到了学校无微不至的关怀，生活上评为甲等助学金（最高等级为甲等，每月补助粮票33斤，现金17.5元），学习上获得过奖学金，工作中评为劳动积极分子、优秀学生干部（任学生会劳动部长），并且于1987年在大学光荣加入中国共产党。

（四）

1988年8月，弟弟大学毕业，被列入学校第一批工作分配名单中（省属单位分配），分配到江西省乐平矿务局（煤矿）第一职工医院工作。

弟弟参加工作领到第一个月的工资时，首先想到的是我这个大哥，他买了一双皮鞋，在信中写道："哥，今天我领到了工资，望着这来之不易的钱，我想起了你。你参加工作八年，为了这个家，为了我的学业，省吃俭用，劳苦奔波，至今连双皮鞋都还没穿过。我到商店特为您买了一双耐穿的车轮底、三节头皮鞋，让您穿上它，走路更有劲……"

我收到这双皮鞋时，心情无比激动。望着这双皮鞋，想起这些年的辛酸，脸上已经挂满了喜悦的泪水……

第五辑

艰苦的学校，
辛勤的耕耘

——我的教学生涯第二站

工作调动

千里河流路漫漫，分田到户喜洋洋。

诚心为尽仁和孝，怎奈山塘变换岗。

（一）

20世纪末，梓山镇合和村吴屋的黄泥岗上（原山塘大队驻扎地）有所初中，校名为"山塘职业初级中学"。在这所学校，我度过了十三个春秋，这里留下了我的奋斗足迹。

1978年，安徽凤阳县小溪河镇小岗村18位农民开了家庭联产承包制的先河，拉开了中国农村土地改革的序幕，随后，全国各地响应党中央号召，农村实行土地家庭联产承包责任制。

1981年春，我家先分得了五个人的承包责任田，1982年春，妹妹出嫁，我与巧英结婚，当年冬巧英生下小孩就又补分了一份田，全家六口人的田，共计3.71亩，分散在14处，共有22丘田。当时，主要是母亲承担农田活儿，我和爱人都在学校工作，只能在周末回家帮助一下。

由于家离仙下中学约30里路，需乘渡船过梅江河，加上交通不便，来回只得靠步行。一次星期六上午上完课后，因学校工作需要，还要留下来，待处理好事情返家至梅江北岸时，已是晚8点。那天正下着暴雨，河水猛涨，摆渡工为了乘客安全，根据渡口管理规定，说晚上不便摆渡。当时也有好几个人要过河，我们只得往回走，各自寻亲戚朋友家住了下来，第二天一早才回家。

还有一次，由于家里正逢农忙季节，农活紧，周末劳累了一天半。星期日下午待我做好田间农活，已是晚上6点了。我急忙赶到河边，正好乘上了船。

过了河，那天又正是农历二十几，几乎没有月光，我摸黑走了30多里路才到学校。

多次渡河的坎坷，使我真正体会到"隔河千里"这一俗语。心里常想，何时梅江的段屋至车头（车溪）渡口能架上大桥？

为了避免过河带来的麻烦和照顾好家庭，1983年暑假，我写了一份调回段屋初中工作的申请。谁知出乎意料，县文教局却把我调到离家15里路远的梓山镇山塘中小学（含初中、小学）工作。

（二）

山塘中小学校离家不要过河，而且比仙下中学也近了十多里路。但新学期开学时，我徘徊不定，犹豫不决。后经文教局副局长肖科镇和山塘中小学副校长肖金城多次来家做我的思想工作，我充分认识到当个人利益受到冲击时，应以大局为重，何况自己刚走上工作岗位时，就向党递交了入党申请书，把自己的一生交给党安排，哪里需要就到哪里去，哪里艰苦哪安家。这也许是与山塘中小学的缘分吧。况且山塘中小学领导还聘请巧英去代课。

山塘中小学，坐落在梓山公社山塘大队下刘屋山脚下。下刘屋山，我小时候就对此留有极深的印象。回忆那段挑脚路上坎坷的苦难史，千头万绪涌心头，辛酸泪水挂在胸，岁月如流，十多年前来山塘下刘屋山的挑脚往事，转眼之间一晃而过。

1983年9月8日一早，我挑着行李，爱人背着不满两岁的儿子，步行来到新的学校，从此，我的教学生涯走进了第二站。

山塘中小学共有十个班。其中小学一至三年级各有一个班，四至五年级（小学五年制）各有两个班，初中每个年级一个班。

当时山塘中小学校长郭金辉暂借用在县组织部工作，由副校长肖金城主持学校工作。肖校长对我说："山塘中小学的前身是山塘小学。山塘小学于民国二十七年（1938）刘石发创办，当时是私塾学堂，后转为公办小学。1968年9月改为山塘中小学，开办人是易光璞校长，那时教师19人，小学生416人，初中一年级62人。"

肖校长还告诉我："自小学办初中部以来，初中教学质量一直都不理想，连考取普通中学的学生也寥寥无几，升学率几乎为零，社会呼声很大，这些年来学校压力也很大，学校要生存，我们就要想方设法提高教学质量。"

学校安排给我的工作是：学校团支部书记，理科教研组长，初中三年级班主任及数学任课老师。虽担子重、压力大，但我还是接受并承担了这些工作。

记得初中部的老师还有赖福端、温金生、刘东彪、王重九、肖香城、肖元古、肖良德（代课）、袁称发（代课）。

那时巧英被安排在小学四（1）班代课。小学部老师有欧阳于生、罗石发、刘建生、刘九秀、林春香、王太阳、王新春、范冬发等，还有工友彭年发、肖香珍、李兰香等。

来到山塘中小学，通过了解得知，我带的初三年级这个班在初二时的最后一个学期县里组织的期末统考中数学成绩平均分仅17分，仅有一名及格的学生，0分的学生一大批，各科总成绩综合分全县排名倒数第一（46所初中）。而且连续多年中考该校都是吃"烧饼"（没有一个学生上普通高中、重点、中专、中师分数线）。面对基础这样差的学生，我不气馁、不灰心，沉着应战。

通过一年辛勤耕耘，各科教师的配合和学生的勤奋刻苦，初中毕业升学考试取得了令人满意的好成绩。我所任教的数学成绩由原来平均17分提高至47分，及格人数由1人上升为10人，优秀人数由0人上升为3人，升学率达16%，其中学生肖莲花被于都重点中学录取，打破了山塘中小学近几年来升学零录取记录。中考各科综合总分由全县倒数第一名跃入中等水平。这年，我被评为学校优秀班主任、乡优秀教师。

创办职中

教育春风遍地吹，职中创办鼓尤擂。

变醨养瘠昭元亨，笑看人生搏无悔。

（一）

1983年，遵照上级"改革中等教育结构，发展职业技术教育"的指示，县里将水头、宽田、三门三所完中的高中部改为职业高中班，创办澄江职业初中，共大祁禄山分校改为于都县职业技术学校。

1984年，县城郊中学增办职业高中班（幼师专业），芦山初中改办职业初中，梓山山塘开办职业初中，随后仙下中学改办职业初中。

1984年秋季开学时，梓山镇政府宣布：（1）山塘中小学拆分为山塘职业初级中学（简称山塘职中）和山塘小学。（2）小学部在原校址，初中部搬迁至原山塘大队的大队部。（3）原山塘中小学校长任山塘职中校长，小学新任命校长赖福端。（4）原初中部任课教师属山塘职中编制，其他教师为小学编制。（5）原教师房间公共财产和办公用品按现教师隶属学校分管，山塘职中只能带三个班的课桌凳走，其他一切经费、财产和办公设备都归原小学部。

肖金城校长听到这个突如其来的消息如晴天霹雳，难以置信。当天，他连忙骑单车赶到县文教局咨询。局领导也不明所以，只有安慰肖校长："既然镇政府已经宣布了分校处理结果，那么你们就先搬出去，其他后续之事，待局里一步一步来处理解决。"

由于分校来得突然，当务之急是健全领导班子，稳定师生情绪。那时，肖金城校长临时指定校职工岗位职责：后勤管理兼会计刘称发，教务管理段德山，团队工作刘于黎，工会工作兼文科教研组长刘成勇，理科教研组长刘东彪。

当时学校有教职工14人。全校四个教学班，共207人，其中初一年级两个班，共117人；初二年级一个班，51人；初三年级一个班，39人。

（二）

在学校刚搬迁到山塘村部的那天晚上，我来到肖金城校长房间，只见他愁眉苦脸。

"校长，您不要难过，要多保重身体，我们大家都看着您，您是我们的领头羊。俗话说得好，车到山前必有路。"看到校长难过的样子，我安慰他说。

"段老师，中小学分校来得太突然了，现我头脑一片空白，学校如一盘散沙，似一张白纸。我们一无所有，两手空空，步步艰难，难以为继。我教书几十年了，今天第一次在学校流泪，恐怕会挺不过去。开办学校这一步'棋'，我是举棋难定……"校长说着流下了眼泪。

"校长，既然他们布局这盘'棋'给我们下，看似残局，我们未必会输。人定胜天，只要校长您挺起腰杆，总揽全局，协调各方，带领全体师生风雨同舟，和衷共济，人心齐、泰山移，再大的困难也能克服。"我一边安慰一边鼓劲地说。

这天晚上，我和校长促膝谈心，如何在这艰苦的环境下，提高教学质量，使学校能生存下来……谈着谈着，不知不觉天亮了。

在无教室、无任何教学设备的情况下，我们临时把村部的大礼堂隔成四间教室，采光差，其中舞台也被隔成一间教室。由于未作隔音处理，一间教室上课，其他三间教室的学生都能听到。

那栋破烂不堪的土木结构两层楼房（原村干部住房）

便当作老师、学生的宿舍，老师办公也在自己房间里。

师生宿舍后面一栋土木结构的矮房（原村部的厨房）成为学校的厨房和膳厅。

那时，生活用水相当困难，没有自来水，也没有水井，只能引校外一条小溪的水到原村部的一口枯井里，再经木炭过滤后，当作生活用水。当小溪断流，学校用水就要派学生到附近村子的井里或池塘挑水。

一年来，我们在肖金城校长的领导下，齐心协力，狠抓教学管理，克服重重困难，战胜种种挫折。教师辛勤耕耘，学生奋发努力，度过了黎明前的黑暗，迎来了黎明的曙光，打响了开办职中的第一炮。1985年，山塘职中中考综合分跃入全县中等水平，被各类学校录取学生11人，录取率达30%。其中肖东生考取了宁都师范，这是山塘中小学办学以来，也是职中开办后第一个考取中专以上的学生。这盘"棋"我们赢了，当地群众也为我们传颂、欢呼。接着每年山塘职业初中都有考上重点、中专、中师的学生。

（三）

我来到山塘职业初中工作，开始学校指定我负责教务工作，待到1986年才被县文教局正式任命为副教导主任。

那时繁重的家务、农务、教务压得我喘不过气来。特别是承包责任田的农忙季节，往往是"三务"矛盾交织在一起。在这关键时刻，总得认真掂量这几者的轻重。

那时的我，只有一个想法：身为教师，要以教务工作为重，党的事业、人民的利益高于一切。我深深懂得，为祖国培养"四有"人才，教师担负着义不容辞的职责。

学校要生存，关键取决于学校的教学质量（教育的指挥棒），而教务管理人员是抓教学质量的具体责任人。在那教学环境极差、设备奇缺的条件下抓教务管理尤为困难。在学校领导的带领下，我不泄气、不埋怨、不等待、任劳任怨，竭尽全力，与校长一道想办法、出主意、订措施、抓落实，全体师生形成了一股奋发向上、拼搏向上的良好校风、教风、学风，教学质量得到稳步上升。

1986年，陈生福考取宁都师范，朱生倡、王军考取于都重点中学。这年初三升学统考学校平均总分407.1分，由全县倒数跃入全县前七名。

1987年，幸玉兰、郭剑考取宁都师范，王晓斌考取婺源茶校，刘晓忠、罗忠金、刘玮、康石发考取于都重点中学，另还有13名学生考取普通中学，升学率达42%。

（四）

我在抓好学校教务工作的同时，一直扑在教学第一线，多年来一直任教初三年级毕业班数学。在要求其他教师认真备好课、上好课的同时，自己先做到。备课中做到教案内容具体、目的明确、重点突出、难点突破、步骤详细、教法明了；课堂上做到发挥教师的主导作用（"五导"：认真编导、积极引导、注意辅导、不断开导、加强指导）、注意学生的主体作用（"五让"：让学生看书、让学生思考、让学生讲解、让学生议论、让学生练习）。我还大胆改革教法，在课堂教学中，不断探索"学导式教学法"，并且收到了良好效果。对"双差生"，不歧视，多关心，多谈心，先补思想，后补知识，谆谆教导，循序渐进。

洒下汗水无白流，辛勤耕耘结硕果。通过师生共同努力，1986年我任教的初三数学升学考试成绩平均53.8分，位列全县第三名。这年我被评为县青年教学能手，并荣幸参加了县举办的第二个教师节座谈会。

（五）

一直以来，我都没有因为家务、农务而影响学校的教务和教学工作。

由于分田到户，家有六个人的责任田，每当周末，我都是回家做农活，犁田、耙田、莳田、播种、除草、挑粪、灭虫、收割等，样样都做。有时在田间为完成一样活儿，忙得太阳快下山了，才急急忙忙赶返学校。

那时，没有交通工具，往返都是靠双脚。有一次返校，肖金城校长骑着自行车在前面，回头见我在后面跑，赶紧停车问我："段主任，你跑那么快，有什么事呀？"

"没什么事，只是赶时间去学校，今晚自习课我要下班辅导学生。"我边跑边回答校长。

肖校长立刻明白了一切。

过了些日子，肖校长找到我说："我先借100元钱给你去买辆单车，回家返校方便些。"

我双手接着肖校长的那100元钱，万分感谢地说："校长，您真好！谢谢您的关心。"

后来，职工李兰香得知此情况后，她也借了50元钱给我。那时她还是临时工，每月工资仅30元，却慷慨解囊，使我感激不尽。

在他俩的帮助下，我买了辆重庆"五洲牌"自行车，这辆车陪伴着我度过了十三个春秋，为我提供了极大的方便。

（六）

自参加工作以来，我思想上要求上进，教学上认真负责，积极向组织靠拢，并多次向学校领导递交了入党申请书，请组织给予培养考察。

1986年元月27日，经过组织对我的再次考察，梓山学区党支部（支部书记温炀华）讨论同意吸收我为中国共产党预备党员，并报上级党委审批。最后经中共梓山乡党委1986年5月8日会议讨论，批准同意我的党员预备期从1986年元月起至1987年元月30日止。

这消息传来，我心潮澎湃，热泪盈眶，感到万分荣幸。

1986年的7月1日，我站在鲜红的党旗下庄严宣誓：我志愿加入中国共产党，拥护党的纲领，遵守党的章程，履行党员义务，执行党的决定，严守党的纪律，保守党的秘密，对党忠诚，积极工作，为共产主义奋斗终身，随时准备为党和人民牺牲一切，永不叛党。

这天，对我来说是个终生难忘的日子，从此我就是一名光荣的中国共产党员了。经过我多年的努力，党组织通过对我的培养、考察，让我在党旗下实现了我的政治理想和梦寐以求的愿望。我暗暗发誓，今后要做得比以前更加出色，以优异的成绩向党汇报。

校外办学

屋漏偏逢连夜雨，船迟又遇打头风。

客厅祠堂当教室，办学艰辛却为诚。

（一）

1987年秋季开学时，肖金城校长被调往段屋初中，肖祖欣被任命为山塘职中校长。

1988年10月30日，县建设局来校检查校舍，经鉴定，山塘职业初中的校舍（原村部的住房、礼堂）全部为特级危房，实行全封，停止使用。

师生只得全部搬迁到附近老表家住宿，在厅堂、祠堂上课。本来办学条件就差，现在更不要说了。

那时，全校五个班分为四个教学点，师生则在五处地方住，大家戏称为"五马分尸"，即：

1.塘窝村民小组：

第一组：肖祖欣校长、初二（2）班班主任刘东彪、教师陈林长和初二（2）班学生居住在农户刘赖长、刘鸿飞家，初二（2）班教室设在刘氏宗族堂屋。

第二组：初二（1）班班主任康福全、教师肖艳芳、梅小华居住在农户刘九月家，初二（1）班教室先设在农户刘鸣奇家，后转迁到刘九月家。

2.李刘屋村民小组：初一年级班主任王重九和初一年级一个班学生居住在农户李良志家，初一年级教室设在李氏宗族祠堂。

3.松山背村民小组：初三（2）班班主任刘成勇、教师陈林长和初三（2）班学生居住在农户吴罗发家，初三（2）班教室设在吴罗发家客厅。

4.下松山村民小组：谢芳烈副校长居住在农户吴观音家，初三（1）班班主任林中央、教师段东斗、刘于黎和初三（1）班学生居住在农户吴勇伟（其妻刘称女）家，初三（1）班教室设在吴勇伟家新房客厅。

5.原山塘村部：肖香城老师留居碾米房隔壁矮瓦房，刘称发会计和工友肖香珍、李兰香留住原砖瓦矮厨房，我留居原村部的广播室。师生三餐都还是回原村部的厨房小餐厅用餐。

在那光照极差、拥挤不堪的厅堂和祠堂里上课，给教育教学管理带来极大不便，学校师生的安全也存在极大的隐患。

尤其群众干扰大，每逢农历初一、十五或过节，村民在教室（祠堂、厅堂）敬神拜祖、烧香磕头、燃放鞭炮，直接影响课堂教学秩序。当村里有红、白好事时，学生还要放几天假。这都直接妨碍了师生的身心健康，扰乱了课堂秩序，严重影响了学校的教学质量。

在这种情况下，教师们的工作就更加辛苦了，常住老表家里，也给日常生活、工作带来了诸多麻烦。有的教师身兼两个以上教学点的课，在甲教学点上完课后，又要急急忙忙赶到乙教学点上课。下雨天时，教师也顾不了淋湿的衣服就开讲，因为大家有个共识——课堂就是战场。特别是五位班主任王重九、康福全、刘东彪、林中央、刘成勇老师，他们从日出到日落，从天黑到天亮，都与学生在一起，风雨同舟，同甘共苦，这确保了安全工作做实，保证了正常的教学秩序。

在这么艰苦的环境下办学，感谢当地干群的支持与同情，为我们办学提供了方便，克服了不少困难，解决了许多问题。特别是师生所居住的农户家那几位房东，非常热情。他们视师生为亲人，嘘寒问暖，体贴入微，他们与师生分享甘苦，结下了深情厚谊。

（二）

山塘职业初中"五马分尸"后，许多学生家长面对这种办学环境，都担心这样一个问题：学生的学业恐怕要在这里荒废，学校也有可能就这样被撤销。

于是，学习成绩较好的学生想方设法转入条件较好的学校就读，而学习基础较差的学生则想辍学。教师对教学也失去了信心，不安心工作。一时间人心惶惶，心烦意乱。

鉴于这些情形，我们在肖祖欣校长的领导下，发挥了校务会、工会、团支部和社会干群的作用，开好各种形式的教师、学生、家长和当地干群座谈会，尽量解决师生在生活上、教与学中存在的实际问题。

学校通过各种可行渠道，耐心地劝止想转学、想辍学的学生，认真做好师生的稳定工作。

事实上，越是艰苦的环境，越能磨炼人的意志，更能培育惊人毅力。如果在这样的条件下，也能把教学工作有条不紊地搞好，质量能上去，就更进一步证明我们的学校是有希望办下去的，山塘职业初中这朵刚开放的花儿就不会过早凋谢。对学生来讲，也是一种对意志品质的磨砺。

身为教导主任的我，没有被这办学艰苦的环境所困住。为了使全校教育教学工作顺利进行，教学质量不受影响，我一如既往地管教管导，以实际行动带领师生一道进行正常的教学。

早晨，我要走遍四个教学点，检查督促五个班的早读。中午、下午自己上完课后，还要随堂听课，与老师一起交流教学、探讨教法。晚上还要巡视各班教师下班、学生自习的情况。

由于学校领导班子精诚团结，齐抓共管，心往一处想，劲往一处使，从而稳住了师生的波动情绪，教学井然有序。教师的教学精神仍然振作，人尽其才；学生的学习劲头同样激增，奋发努力。

一年多来，尽管学校七零八落，但是各学期的教学质量并未下滑，期末的全县统考所有考试科目均在中上水平。

1988年，学校中考成绩也出乎预料地令人满意，平均总分在全县中上水平，各类学校在山塘职中录取总人数29人，升学率达43%，其中郭远鹏考取了宁都师范，刘水发、刘红生、郭东福考取了于都重点中学。

高师函授

囊萤夜读仿车胤，刺股悬梁传美名。

历览古今多少人，不经磨砺总贫清。

为适应新形势下教育的需要，根据《中华人民共和国教师法》第十一条第三款规定：取得初级中学教师，初级职业学校文化、专业课教师资格，应当具备高等师范专科学校或者其他大学专科毕业及其以上学历。

一个中师生在中学任教，学历不达标，如不进修，必将被淘汰，将影响到今后的教学工作和职称评定。

我记得在宁都师范学习时，我的心理学老师饶培勋说："要教给学生一杯水，那么教师就要有一桶水。"这句话一直深深地印在我脑海中。

在 1985 年冬，我积极参加了江西教育学院的高师数学函授学习。在教务、教学、家务、农务、函授五重压力下，只得挤时间学习。白天根本没法自学，只有到了晚上，在处理好教务、教学工作后，再自学大学课本、解答作业难题到深夜，有时天亮了也不自知。第二天又继续忙于学校的教务和教学工作。

　　函授学习一年有四次面授听课的安排，每次十天左右。面授听课的地点也不固定，南昌、赣州、赣县、宁都、瑞金、会昌、于都县城等地都留下了我们函授学员学习的足迹，更留下了学院老师教导有方、诲人不倦为我们讲学的美好记忆。

　　那时，我们的函授教学管理相当严，每次考试都是单人单桌，监考的两位学院教师在考场前后各坐一人。如被老师发现有舞弊行为的学员，当场在试卷上打零分，下次还要补考，补考仍不及格的，这门单科成绩终记为不及格。

　　三年下来，历经磨砺，刻苦自学，人瘦了，知识长了。那时开始参加高师数学函授的我们县这批教师有50多人，真正拿到数学专科函授毕业证的只有26人，许多教师坚持不下去，半途而废。也有的考试不合格，只发了肄业证。而我与其他四人又继续参加了高师数学本科函授学习。

　　五年大学函授中，所学的课程有17门：

　　三年专科包括：空间解析几何、数学分析、高等代数、高等几何、概率论与数理统计、普通物理、教育学、心理学、中学数学教材教法。

　　两年本科包括：复变函数、计算方法与算法语言、常微分方程、近世代数、理论力学、微分几何、实变函数与泛函分析、中学数学教学研究。

五年苦读，历经磨砺，千辛万苦，贵在坚持，到最后真正获得数学本科函授毕业证的只有我和管君、洪明华三人，另有两人只取得数学本科函授肄业证。我们这批函授学员要拿本科毕业证确实不易啊！

重任在肩

明知办校困难连，愈是艰辛愈向前。
重担在肩当抖擞，责任尤系写新篇。

（一）

1989年春，山塘职业初中校舍经过一年半维修好后，各村（星明、大陂、塘贯、山塘、合和）发动群众集资，兴建了四间片石结构的瓦房教室，师生又重返校园上课。

由于学校不断搬迁，致使学校教育、教学质量受到严重影响，1989年中考唯有肖青华一人几经周折上了三校（中专、中师、重点中学）线。而人们一直以来的观念是：办好初中学校的唯一标准，就看能考取多少个三校生。

"山雨欲来风满楼，黑云压城城欲摧。"面对山塘职业初中教学质量走下坡路，在人言可畏的社会舆论压力下，1989年8月，县教育局任命我为该校副校长，主持学校工作。原肖祖欣校长退居二线。

"局长，我能力有限，这项工作犹如黄麻杆挑水——

担当不起。再加上这所学校不一般，是全县办学条件最差的一所。请领导再考虑考虑，能否另选他人？"我找到教育局卢局长说。

卢局长与我谈了许多，并鼓励我说："越是艰苦坎坷的地方，越能磨砺人的意志。坚强者如能在艰苦环境中抖擞精神，在坎坷道路口英勇奋进，一定能取得意想不到的好成绩……"

就在这天晚上，我辗转难眠。山塘职业初中何去何从，群众在深思，学生在深思，教师在深思，我同样在深思。身为一校之长，重任在肩。如何带领好班子成员，调动教师积极性，全面提高教育、教学质量；如何处理好乡（镇）、村领导以及周边群众关系；如何争取社会各界和上级的支持来改变落后的办学条件……这些问题不断在头脑中呈现，令我彻夜难眠。

面对社会各种压力，我没观望、没退却。而是以时不我待的精神，勇敢地挑起了这副重担。相信自己能承受起各种压力，更相信经过师生的共同努力，山塘职业初中的明天会更美好。

（二）

要把学校办好，首先要有一个好的领导班子，能带领全体教职工，同心同德，心往一处想，劲往一处使；能使全体教职工以崇高师德为美，以勤奋工作为本，以无私奉献为乐，以学校昌盛为荣。那时，在学校领导班子的精心组织下，开展了全体教职工"我为学校多奉献"演讲活动，以激励斗志，鼓舞士气。

老校长谢芳烈年老志高，虽退二线，却在演讲中激情地说："我要把有限的生命奉献给无限的为人民教育事业中，为改变山塘职中、提高学校的教学质量奉献自己的一切……"

教导主任罗志标诚恳地说："我认为，身为教师，其责任可谓是任重道远。教师在学校里应爱校如家，爱生如子，忠心耿耿地在这教育之田中耕耘，让她结出累累的硕果……"

总务主任李庭桂满怀雄心壮志："我们将经过三到五年的努力，把山塘职中建成像样的学校，到那时，我们将心旷神怡，举酒高歌……"

优秀班主任刘成勇在《自尊、自爱、教书育人》的演讲中说道："我作为教育战线上的一名老兵，备感光荣与自豪，在今后的工作中，昂首阔步，走自己的路，为党的教育事业奉献一切！……"

骨干教师刘东彪在《奉献，就要学雷锋那样》演讲中激情地说道："我决心为教书育人而刻苦工作，认真钻研教材，提高自己的业务水平，遵守校规校纪，为祖国的教育事业，为振兴我校教育，开创我校教育事业新局面，愿以蜡烛，甘为春蚕……"

先进教育工作者刘凤荣老师在《一片爱心》的演讲中表白："我们教师应意莫高于爱生，行莫厚于乐生，教师的一片爱心定能浇灌出美丽的花朵……"

年轻的郭志福老师《战舰与强者》吹起了"进军号"："战舰是勇往直前的，强者是永远胜利的，我们二十名（本校教职工数）坚强的水手，是史无前例的，让我们携起手，肩并肩，把握住时代的今天，迎着晨曦踏上新的旅程……"

食堂工作人员王群英在演讲中表示："我是一个后勤人员，也要为学校贡献一点力量，为教师、为学生做出应有的服务……"

还有段东斗老师的《奉献与民族的发展》，肖香城老师的诗朗诵《无题》，肖会昌老师的诗歌抒情《路灯闪闪照大地，劲风呼呼许祝愿》，新教师刘小明老师的《做好培养天才的泥土》，陈生福老师的《逆境·进取·成才》，刘灵玲老师的《要为学生提供数学课外阅读材料》……这些演讲都是促人奋进、鼓舞人心的励志格言、豪言壮语。

通过这次演讲活动，学校班子成员与教师的凝聚力增强了，向心力增加了，斗志鼓舞了。大家一致认为，以前条件那么差，我们都挺过来了，只要我们精诚团结，凝心聚力，开拓进取，山塘职业初中的教学质量一定会再上一个台阶！

不辱使命

备受艰辛挑重担，初心不忘敢承当。

职中歌唱八方醉，谱写篇章四海扬。

（一）

　　1991年10月20日至1992年1月18日，我参加了赣州地区第一期初中校长岗位培训班学习。三个月的校长培训，受益匪浅，收获极大，使我更进一步明确了校长的岗位职责。校长是学校行政负责人，受国家的委托，对外代表学校，对内负责领导全校的教育教学和行政工作，肩负着领导全校教职员工培养青少年一代的重任。所以校长要尽最大的努力去团结教工、依靠教工把学校办好。

　　要把学校办好，就必须狠抓教学常规管理，建立健全严格的管理制度。我们从实际出发，提出了"爱校、守纪、勤学、进取"的校训，确立了"勤奋、严谨、团结、拼搏"的校风。对教职工提出了五种意识，即：责任意识、质量意识、竞争意识、创新意识、全员管理意识。学校将教育教学职责、质量、成果与经济利益挂钩，奖勤罚懒、褒优贬劣。还制订了一整套管理制度，如《教职工考勤制度》《百分教育教学评估方案》《优秀班集体、优秀班主任评估细则》《教学质量奖罚细则》。学校对教职工定期和不定期督促检查，及时总结评比。使大家学有榜样，做有标兵，能兢兢业业、踏踏实实地做好五个教学环节（备课、上课、辅导、作业、考核）的工作。

另外，学校还经常组织师生开展各种有益于身心健康的"五心"活动（忠心献祖国、爱心献社会、关心献别人、孝心献父母、信心留自己），利用参观、演讲、歌咏、讲故事、小制作、小板报和学雷锋做好事活动，提高师生思想觉悟，培养师生爱国、爱校、敬业、好学的精神。例如，学校组织师生瞻仰红色故都瑞金，游览赣州著名古迹通天岩，走访农村烈士家属，参观职业教育名校瑞金壬田中学。师生还走向社会，为群众修路铺道、植树造林、冬种油菜等，深受当地干群好评。

（二）

教师的上进心、自尊心都比较强，作为校领导就必须尊重教师、爱护教师、关心教师，做教师的知心人，这样才能调动教师的积极性。

在安排工作时，要尽量使每一个教师扬长避短，发挥每一个教师的积极性。要讲究工作方式方法，不能盛气凌人，不能强行命令，要以诚待人，认真听取教师的意见。对教师的缺点一般不公开批评，而应通过谈心方式来解决。

要以情感人，关心教师的生活，为他们排忧解难，做到法情相济，严爱有度，使他们心情舒畅，相互关心，顾全大局，协同工作，充分发挥各自的聪明才智和创造力。

有一天夜里，老教师肖香城的爱人哭着来找我，说肖老师突然吐血不止，奄奄一息。我赶紧到附近村子找了辆小四轮车，将他送到梓山卫生院抢救，幸亏及时，把他从死亡线上夺了回来。

肖会昌老师家遭遇劫难，郭恭昌主任家遭火灾，刘于黎老师脚扭伤，在经济上，我不但自己尽力帮助他们，还发动全校师生献爱心，捐款援助这些老师渡过难关。

对年轻教师，我更是在思想上引导他们积极向上，组织上关心他们成长，教学业务上促使他们提高。如教师罗志标、钟春山、刘鸿飞等，在我的关心、培养下，都先后光荣加入了中国共产党组织，成为学校的教学骨干、学校班子的后备力量。（现罗志标老师为古田中学校长，钟春山老师为于都二中政教处副主任，刘鸿飞老师为梓山中学办公室主任）。正是：长江后浪推前浪，一代更比一代强。

由于我从多方面尊重、关心教师，加上能对教师政治上进步、思想上提高、教学上指导、生活上关怀，教师的积极性、主动性调动起来了，学校生机盎然，意气风发，校风、教风、学风都有了好转，教学质量也稳步提高。

（三）

作为学校领导，无论在教学上还是在生活上，都要严以律己，宽以待人，以身作则，率先垂范。

1996年这届初三毕业生，他们初一、初二年级的数学课都是由一名姓刘的老师担任，由于种种原因，该届学生四个学期县期末统考数学平均分都在全县倒数第一，及格率、优秀率均为零。在面临初三中考升学率岌岌可危的情况下，为了学校的声誉，我好言劝他退出这个岗位，以免影响学生前程。可是他却说还想继续上这届学生的数学课。

在这非常时期，我采取了果断措施，对他提出了最低要求："如果你要继续上这届学生的数学课，那么你必须先交押金500元给学校（可分五个月在工资中扣除），并与学校签订一份协议，保证这届学生升学考试的数学成绩：（1）平均分不能再是全县倒数第一；（2）优秀率不能为零。若这两条你能做到其中的一条，你就可以继续上这届学生的数学课，并且到时退还押金给你，否则你交的押金归学校收入。"

刘老师听后，生怕保证不了，不得不放下了这份重担。这一学年，学校安排他上地理课。

而初三这届毕业班的数学课，在其他人不愿担任的情况下，我毫不推辞地接了下来。

"绳锯木断，水滴石穿。"

1996年中考，这届毕业生数学成绩平均分提高到全县中上水平，及格率、优秀率均突破零。而且该届毕业生中考综合成绩（平均总分+各科及格率+各科优秀率+全科及格率）列全县第18位。各类学校共录取22人，录取率达48%。其中学生肖观长、赖伟民考取于都中学，学生肖华考取南昌建筑工业材料学校，肖水兰（肖艳）考取赣南文艺学校。

艰苦办校

广益集思献策谋，村民踊跃把钱筹。

迢迢省会寻官府，专款拨来解忧愁。

（一）

"蓬生麻中，不扶而直。白沙在涅，与之俱黑。"这几句话表达环境对人的巨大影响。环境的育人功能主要体现在对受教育者的影响上，加速或减缓其变化、发展。"孟母三迁"的典故也说明了这个道理。

山塘职业初中一直以来都是在条件差、环境恶劣的情况下办学，搬来搬去，没有一个像样的办学场所，严重影响了学生身心健康和学校教学质量。

1989年，我接办学校时，校园零落四空。教职工没有像样的宿舍和办公室，也没有实验室、仪器室、图书室，更没有围墙、校门。

一张白纸，能画出最新、最美的图画，能书写最美的诗篇。那时，我带领全校老师共同绘制了一个校园总体规划远景图。要改变教学环境，关键是筹集资金，建设校舍。

我深入招生范围的山塘、合和、星明、塘贯、大陂等五个村，与村干部、群众一起，共同探讨、协商如何振兴山塘职业初中的教育，如何筹集经费改善办学条件。

在一次学校召开五个村委会书记、主任的会议上，大家纷纷发言，共同想办法解决资金筹集的难题。

在会上，我说道："在这样的条件下办学，要稳定教师、学生，提高办学质量，有很大的困难。教师、学生稳不住，教学质量提不上，生源不足，学校自然办不下去，到时我们的孩子就又要去梓山中学读书，给孩子和家长带来过河的安全隐患，极其不方便。"

山塘村主任赖石宝说："学校办在我们家门口了，为我们的孩子读书提供了极大的方便，学校办学有困难，我们也有责任为学校排忧解难。"

"以前没有山塘职业初中时，我们的孩子都要到贡水河对面的梓山中学去读书，来回乘渡船极不安全。曾经发生过上下渡船拥挤学生掉入河中淹死的事故，引起了上级政府的高度重视。现把学校办在这里，为学生上学带来安全感，家长也更放心了。所以，我们要大力支持学校办学，共同为学校想办法筹集资金。"星明村主任肖斌也诚恳地说。

"既然学校办在这里了，我们就要尽自己的能力把它办好。学校资金的困难，也是我们的困难，我们要发动群众集资办校，共同渡过困境。"塘贯村书记刘发生提出了采用集资的办法来筹集资金。

"这些年来，虽然学校没教室，搬到村里农户家里、祠堂里上课，但是，学校领导和老师能团结一心，在艰苦的环境下，克服困难，致力教学，取得了较好成绩。我们不但从内心感谢他们，更要以实际行动支持学校，把学校办好。我们几个村可以联名向上级政府反映学校办学困难的情况。"合和村主任刘平祺谈了自己的看法。

"自从1983年我们办起了山塘职业初中，大家无不称赞，它是我们后代的福呀，解决了学生上学过渡的安全隐患。大家也看见了，逢梓山圩时，我们这边的村民去赶集，过渡乘船时，有多少人被挤下河。特别是隆冬，被挤下河的更是惨不忍睹。因此，我们要发动这五个村的群众，共同集资来解决学校当下办学的燃眉之急。"大陂村主任朱永生也提出了集资来解决当下办学的困难。

还有各村委书记曾其正、吴湖南、郭老孜、刘敬运、刘关长也谈了如何向群众集资，如何联名向上级政府申请财政拨款，改善办学条件。

众人拾柴火焰高。

会后，五个村的村委干部挨家挨户做群众思想工作，广泛动员群众集资办学。由于村干部工作到位，得到了群众的理解和支持，五个村共集资5.3万元。

五个村的村委还联名写信到镇政府、县教育局、县人大，反映山塘职业初中校舍的困难，引起了社会和上级政府的广泛关注和重视。

我们也经常向上级有关部门反映，要求尽早解决经费，拨款建设校园。报告不知写了多少份，路不知走了多少趟。

在学校的努力争取下，1989年镇政府拨款3万元，新建了四间教室。1990年镇政府拨款1万元，新建了两间教室。1991年地区教育局拨款1万元，县教育局拨款1.1万元，镇政府拨款0.6万元，共计2.7万元，新建实验室一间、仪器室两间。1992年镇政府拨款0.6万元，县教育局拨款0.2万元，共0.8万元，用于添加器材、讲台、办公桌、公文橱。

我们还组织开展勤工俭学，一边学习、一边劳动的共大式办学。打地基、挑河沙133方、挑石灰15000斤、放土砖15573口、平整操场打土方650方等，共创收2.3万元。我们还通过梓山镇企业办主任刘策平为学校解决了校建急用的石灰 10 吨（组织学生从鸡栖石灰厂挑回学校）。

特别是 1992 年 7 月下旬，为争取省政府财政拨款，我和分管后勤的谢芳烈副校长不辞辛苦，搭长途班车来到四百多公里外的省城南昌。

下午我们到了南昌，为节省开支，就在车站附近一个经济实惠的小旅店住了下来。我俩住的是一个双人间，房间只有两张床，一张书桌两条凳，还有一台黑白电视机。

7 月下旬，正是中伏季节，南昌气温在 39℃左右。

"这么热的天气，住这样没有空调的旅店，吊顶电风扇吹的也是热风。"谢校长穿着背心坐在床头说。

"没办法，现在咱们学校正是困难时期，下次出差我带你住好些的，这次要委屈下了。"我只能这样安慰他。

"不知明天能不能找到省领导，把我们的事情办妥？"

"随缘，相信精诚所至，金石为开。"我笑着对谢校长说，他看着我也笑了笑。

第二天一早，我们从旅店步行来到省教委。

来之前我们就打听到，原先在我们市教育局的张副局长荣调到省教育厅，现为电教处的处长。

他乡遇故人。在张处长办公室，他一边与我们握手，一边热情地说："这么大热的天气，你们千里迢迢从于都来，辛苦了！"

"坐一坐，先喝杯茶，解解渴。"张处长为我们递茶水，热情洋溢。

"谢谢处长！"看着张处长这么热情，我们异口同声地说。

"你们来省城办什么事？"张处长开门见山问我们。

"因我们学校办学条件极差，来省城想请求政府财政拨款改善我们的办学条件。"我毫不掩饰直接说出了此行的目的。

接着，我把山塘职业初中从开办到现在学校的办学条件，当地招生范围五个村的群众呼声讲给张处长听。

然后，我把县政府、县老建办、县财政局、县教委已签字盖章的五份《关于山塘职业初中要求政府拨款、改善办学条件的申请报告》递给了张处长。

"处长，现您正在省教育厅任职，又是我们的老领导，这事就拜托您了，谢谢！"我是多么想得到领导的支持。

"像你们学校这种办学情况，咱们省也罕见，我定会把这些材料转交给省里有关单位，尽快为你们学校下拨专项资金。"张处长接过申请报告，和蔼地说。

"谢谢处长，我们代表学校全体师生和五个村的村民感谢您！"我激动地流出了泪水。

张处长问了我许多于都教育的情况，还问了改革开放后于都的经济发展情况，我都一一向他汇报。

"处长，我们到外面吃个便饭吧？"我看了看时间，快到中午饭时间了，便邀请张处长。

"不用破费了，学校本身经费较紧，能省就省，我们一起就在省政府食堂用餐吧！"张处长推辞说。

用餐后，我和谢校长回到了昨晚的旅店，第二天一早乘班车赶回了于都。

过了两年，1994年省教委、省老建办共为山塘职业初中专项拨款2万元，县教育局拨款2.5万元，县财政局拨款0.5万元，镇政府拨款7.5万元（含1995年5.5万元），总共12.5万元，我们新建了一栋砖混结构2层16间的教工宿舍楼。

几年来，在上级政府重视、领导关心、群众支持、师生共同努力下，原本路不通达、高低不平、杂乱无章的小山岗焕然一新，变成了一所四周砌好了围墙，美丽、方正的校园。现学生上课有宽敞明亮的教室和实验室，学生住宿有舒适安全的寝室，教职工有不错的住房，操场上有200米四人环形跑道，还有单杠、双杠，跳远和跳高的沙坑以及篮球场。校园基本做到了"五有""五无""一经常"。当时上级对学校的基本要求是"五有"：有旗杆、有花圃花坛、有树木、有宣传橱窗、墙上有名人画像。"五无"：校园无积水、墙上无污迹、地面无纸屑、无乱堆杂物、无门窗玻璃破损不补现象。"一经常"：校园、教室、寝室、图书室、仪器室、实验室经常保持干净。这些努力使学校办学条件得到了初步改变，这样，教师能安心教，学生能认真学。

（二）

在新校舍、新环境下，学校的教育、教学管理井然有序，教学质量显著上升。

1991年中考，山塘职中平均总分390.8分，成绩跃入全县前五名。

1992年中考综合总分名列全县第七位。

1994年和1995年，山塘职中学生中考成绩也名列全县前茅，且在全乡四所学校（梓山中学、固院初中、山塘职业初中、长口初中）中排第一名。

1991—1995年期间，学生在全国数学、物理、化学竞赛中荣获过省一、二等奖，市三等奖，县第一、三名。在1995年全县中小学体育田径运动会中，学校荣获初中组团体总分第六名。

随着城市化进程加快，生源快速向城镇流动，农村出现大量"空壳"学校。为顺应历史发展潮流，顺应教育改革需要，根据县政府的城乡教育布局结构调整，2004年冬，山塘职业初中撤并于梓山中学。原有的山塘职业初中变为山塘小学。从此，山塘职业初中成为历史，画上了句号。

至高荣誉

仲秋美景如诗画，八月桂花似耀星。

节日寄思承沐惠，初心不忘再登峰。

（一）

1989年5月上旬的一天，县教育局来通知说：根据国家教委和省教委文件通知精神，在今年教师节期间，由国家教委、人事部、全国教育工会在全国授予一批"全国优秀教师"荣誉称号。要求全县各乡镇教委均推荐八名优秀教师（本乡一名，其他乡七名）报县教育局，然后由县教育局据各乡镇推荐名单筛选出十人报赣州市，再由赣州市确定八人报省教委审核，最后上报国家教委备案。

根据规定，国务院教育行政部门对长期从事教育教学、科学研究和管理、服务工作并取得显著成绩的教师和教育工作者分别授予"全国优秀教师"和"全国优秀教育工作者"荣誉称号，颁发相应的奖章和证书，评选每三年进行一次，比例控制在本地区教职工总数的万分之二以内，一般于教师节当日颁发。

1989年5月23日，学校接到乡教委的通知：根据县教育局意见，我乡推荐段德山同志评选全国优秀教师，要求本人写好工作总结和个人简历，学校整理一份能反映他先进事迹的材料。

肖校长立即组织召开了教师、学生座谈会，形成文稿《倾注心血育新苗——记段德山同志教育、教学工作的先进事迹》，文稿中写道（选摘）：

"段德山同志是我校教导主任，今年35岁，中共党员，在教育战线上奋战了十个春秋。十年来，他一心扑在党和人民的教育事业上，倾注心血育新苗，为培养祖国'四化'建设人才，作出了无私无畏的贡献。

"段德山同志面对没有像样的教室（全部教室在一座礼堂里）、环境艰苦的学校，与大家同心协力、共渡难关，学校的教学质量显见初效，逐步赶上全县的中上水平。

"多年来，段德山同志一直是初三年级毕业班的数学老师，任务重、压力大，常常备课、改作业、钻研教材工作到深夜。课堂上既发挥教师的主导作用，又注意学生的主体作用。大胆改革教学方法，采用'学导式'教学方法，充分调动了学生学习的主动性和积极性。其中1986年所任初三年级的数学成绩名列全县第三位，所辅导学生参加市数学竞赛荣获二等奖。教职工们都说，段老师是一位教风严谨，致力于不断改善教学质量的好老师。

"德山同志自任教导主任始，竭尽全力抓好教务这一工作。在一所教学环境极差、设备条件奇缺、没有仪器室和实验室的学校管教务，尤为困难。面对现状，他不气馁、不泄气，与领导以及全体教职工一起，想办法、出主意、订措施，狠抓教学质量这一关，使学校教学工作有条不紊地进行。由于教务严格、方法得当，学校形成了良好的学风、教风、校风。全校的教学质量由全县倒数第一名赶上了全县中上位次，有些科目甚至名列全县前茅。

"段德山同志热爱教育工作，十年来，连续评为校级、乡级、县级优秀教师、先进工作者、优秀党员、青年教学能手等光荣称号，撰写的教学论文《学导式教学法的尝试》被县教育局评为'优秀论文一等奖'。众多荣誉，给了他更大的鼓励，然而在荣誉面前，他从不骄傲，从不自满，而是以更高的标准要求自己。"

该材料写好后，于5月27日上交乡教委，乡教委签好意见后，再转送县教育局。

（二）

时间过得真快，转眼到了金秋季节。

1989年9月10日，是我终身难忘的日子，我荣幸地参加了县里召开的庆祝第五个教师节大会。会场主席台上坐着分管教育的县委、县政府领导，还有人大、政协、宣传部门分管教育的领导及局领导等。

主席台上方悬挂着一横幅：于都县庆祝第五个教师节暨优秀教师表彰大会。

主席台两边楹联写着：

一腔热血筑师魂英才遍天下

两袖清风育桃李春秋染芳华

一会儿，主持人教育局葛副局长宣布大会开始，全体起立，唱国歌。

首先由康昭淦副县长代表县委、县政府致贺词。再由县委宣传部谭年清部长宣布受国家、省、市、县表彰的先进学校单位、先进教育工作者和优秀教师名单。接下来领导为获奖单位和教师颁发奖状和证书。

当我走向主席台，接过县委领导刘称发为我颁发的"全国优秀教师证书"、"全国优秀教师奖章"和500元奖金时，心潮澎湃，热血沸腾，禁不住流下了喜悦的泪水。

当日下午我回到学校，老师和学生们把我团团围住，争着要看看那国家级的证书和奖章。

"天道酬勤，段老师这光荣称号来之不易，是他辛勤耕耘、默默奉献的结果。"一位老师看后对学生们说。

过了些日子，镇政府文化站报道员蓝品仁特意来学校采访了我。

"段老师，您评上全国优秀教师，心里有什么感受？"蓝开门见山问我。

我停了片刻，说道："我能获得这殊荣，首先要感谢领导的关怀，再就是要感谢党的好政策，1977年恢复高考，才使我这个农村种田七年的农民再进入师范学校学习。党培养了我，给了我一份受人尊敬的好工作，我更要好好珍惜它。今后，在这艰苦的乡村学校，更要为培养祖国人才尽心、尽职、尽力，奉献光和热。"

"梓山人民要谢谢您，您不愧为好领导、好老师。"蓝竖起大拇指摇了摇对我说。

"这是我应该做的，也是我们教师的职责。我离党的要求还有差距，今后更应努力工作，才对得起这'全国优秀教师'称号。"我摇头说道。

喝了几杯茶后，蓝微笑对我说："您的那荣誉证书和奖章能给我看看吗？"

"当然可以。"我从抽屉里小心翼翼地把证书和奖章双手递交给他。

他捧着证书和奖章，看了又看，摸了又摸，对我说："这国家级奖章我也是第一次看到、摸到。段老师，您真厉害，能评上全国优秀教师。"蓝再一次称赞道。

"这荣誉并不是我个人的，要感谢学校的老师和同学，这也是他们付出努力的结果。因为同事共同配合和学生刻苦努力，我才能获得教学上的好成绩。"

"您戴上奖章，我为您拍张照留影吧。"蓝又对我说。

"自领回奖章后，我还没戴过呢。"我有点不好意思地把奖章别在了左胸前衣服上。

"戴上这奖章真帅气。"蓝看了看我笑着说。

一会儿，下课铃响了，蓝说要为我拍几张教学生活照。我们来到教室门口，与教师、学生共同拍了张课后师生互相交流的照片。过了些日子，蓝把这张照片及教书育人事迹刊登于《赣南日报》（1991年1月24日第二版），全文如下：

　　全国优秀教师，于都县山塘职业初中校长段德山同志，扎根乡村执教十一年，被学生和家长称为既教书育人，又爱校办教的热心人。

廉洁自律

清水方能观石子，相知事久见人心。

言行若自非端正，怎敢无情捅暗阴。

（一）

1989年，我接管学校时，财务账面上结余现金才1667.02元。在办学条件差的学校办学，经济压力是我更加难以接受的。

但我自己首先做到廉洁自律，再把学校经费专款专用，计划用钱，节俭用钱，把钱用在刀刃处。

那时，我还把学校经费直接交给了一个知天命之年的老党员、总务主任（兼出纳）曾某管理。

1996年春，在装备学校实验室、仪器室时，需购买装修的材料。因学校经费较紧张，出纳曾某让我先垫付材料款，发票共20张，计1853.45元。加上学校欠我的差旅费补助、假期留校值班补助等费用349.24元，学校一共欠我现金2202.69元。

那时，我经济上也并不宽松。在5月下旬的一天，年迈的母亲因摔伤骨折，被送进县中医院住院治疗，急需钱用。

我问曾某："学校欠我的那笔钱现在能还给我吗？我母亲住院等着钱用。"

"学校暂时还没钱。"他说。

"当时购买实验室、仪器室装修的材料时，你叫我先垫一下，但你没说学校没有钱啦。"

"学校是真的没钱了，学校经费已超付了。我自己也为学校出了1000多元钱。"

"那你为什么不早向我报告学校经费超支？"

"校长，对不起了，我错了。"他认识到学校经费不及时报告是不对的。

"也许是我对财务管理工作规章制度建立不全吧，我也有责任。"为摆脱这尴尬场面，我主动承担责任。

若学校经费真的超支，我责任是最大的，说明我用钱没有计划。但是，历年来我一直都是计划用钱，专款专用，对学校的经费了如指掌。按我的推算和判断，学校经费不可能超付，一定结余许多钱。我来到财务室，想看看学校经费账本。

"肖会计，你把学校经费账本给我看看。"

会计肖庆伟拿出账本交与我，接着说："段校长，这个月的学校现金经费报表还没有整理好，过两天再向你汇报。"

"学校经费现在怎样？"我接过账本还没有看，就直接问他。

"好像要超付经费了。"肖会计有点含糊地说。

我翻了翻现金账，只见上面白纸黑字写着负债2000多元，我简直不敢相信这是真的。

于是我马上组织了清财小组，由段东斗老师任组长，带领刘东彪、陈生福老师对学校的经费使用情况进行全面清查审核。经过几天的审查，未发现一点蛛丝马迹。

"段校长，根据我们清财小组查的结果，你签字审核的发票未看出有破绽，从账面上看，学校确实是超支了。"组长向我汇报说。

"你是学中文的，在每张发票审校时，有没有发现有人仿照我的笔迹签字？还有就是有没有重报发票的现象？"我难以相信清财小组也查不出什么来。

"没有发现你讲的这些情况。"组长以肯定的口气对我说。

可我还是百思不解，茫然若迷。

过了几天，我亲自出马查账，审查每张我已签字的发票，经过细心审查，最终发现了是出纳手段高明，从中弄虚作假，重报发票。而这些手段确实令人防不胜防，这些重报的发票都是来自新华书店的购书发票。

由于原先学校一直以来都是根据新华书店的购书清单发票报账的（发票已注明可作报账凭证）。1995年秋季开始，学校领书时，新华书店开具了清单发票（发票未注明可作报账凭证），待学校交书款后又开具了收款收据。

而出纳曾某就是抓住1994年全国税票改革时机，从中作弊，把清单发票与收款收据（税票）一起重复报账。他把几张清单发票的书款开一张收款收据（税票），每张清单发票与每张收款收据（税票）开出的时间、金额又不相对应。报账时前后不一，分别交给我签字，从而蒙混过关。

我由于习惯成自然，思维定势，一直认为清单可以报账，审核签字不慎。加上认为曾是一个老党员、学校中层领导，对他过于信任，也就没有防备心，使他从中得手。

类似这种情况，曾某重报了四次，共计重报发票6161.67元。

正因为曾是一个老党员、老干部，我才信任他，把学校的现金交与他掌管，谁知他利欲熏心，羊伴虎睡——靠不住。真是画虎画皮难画骨，知人知面不知心。

"主任，你身为老党员，在这事上却把不住关口，事情已发生了，你还是想办法把那款退回学校。看在你也即将退休，我暂不向上级报告。"为保他晚节，我找他谈话，劝他早日退款。

"校长，我现在确实想不出办法来还款，娶儿媳妇已欠了一屁股债，哪里去弄钱？"曾根本不把这事看在眼里，无动于衷。

在那时，我真心想保曾晚节，没向上级党组织反映，只是一直在催他主动把贪污的钱退回学校去，我也可领回学校欠我的那2000多元。谁知他不识抬举，总是推来推去，说待以后想法把钱退回学校。

（二）

1996年冬，我调入梓山中学工作。山塘职业初中欠我的那笔款，在我离开山塘职业初中之前未退还给我。曾某于1996年10月3日把贪污的6161.67元退回了学校。而学校对欠我款一事不理不睬，我要了几次也不给。

此后，山塘职业初中换了两任校长也不闻不问，直至2001年9月巫云志担任山塘职业初中校长时，才把学校欠我的款还清。我心中万分感谢巫校长，终究解除了几年来一直困扰着我的一个心病，压在心里的那块石头终于放下了。

总结这件事情，我作为校领导，是有很大责任的，我要承认自己工作中的疏忽与错失。

后来，县纪委得知此事，刘书记特意找到我，狠狠地批评了我："作为一个学校领导，应头脑清醒，不能被人忽悠。有人贪污公款，本应及时向组织报告，对于这种违规人员，按党纪要求，应从严处理，决不能心慈手软。如及时报上来，第一收回贪污款项，第二开除他的党籍，第三开除公职，扫地出门。"最后刘书记还告诫我说："你工作有重大失职，需警钟长鸣，要认真反思，更加要廉洁自律。好在你没有与他同流合污，否则你也会受到党纪处分的。"

第六辑

繁重的工作，
忘我的付出

——我的教学生涯第三站

调入梓中

可前可后而非愧，勿忘初心再创优。

寄梦黉堂能否现，如今迈步永不休。

1996年，应组织安排，我从山塘职业初中调入梓山中学工作，担任总务主任，从此走进了我的教学生涯第三站。

梓山中学创办于1958年，坐落在梓山镇梓山圩上，1969年开始招收高中生。

那天来梓山中学报到时，校长刘二发双手紧握着我的手说："段校长，欢迎你来梓山中学工作。你由校长身份转为总务主任职务，是否委屈了你？总务主任这担子也不轻，直接为学校教育教学服务，为师生员工的生活服务，责任重大。学校的后勤保障就要看你了。"

"谢谢刘校长的关心！来这里与您一起工作是缘分，在今后的工作中，还望您多多指导。我会尽职尽责，努力工作，认真完成好学校交给我的任务。"我自信地回答。

在梓山中学工作期间，我主持管理后勤工作，包括班级劳动，勤工俭学，食堂管理，校园规划、建设、美化、绿化，水电管理，师生员工住房安排调整，学校住房制度改革与实施，校产管理，后勤人员考勤、考核、评估等工作。在两年期间，我建立了一整套后勤管理制度和工作考核评估细则，使后勤工作有了新的起色。

在抓好学校后勤工作的同时，我还深入教学第一线，认真做好教学工作。

在课堂教学中，我勇于改革突破，激发学生学习兴趣，培养学生创新精神和创新能力，取得了较好的教学效果。我积极参加教研活动，撰写系列教学论文，其中《浅谈初中平面几何中的辅助线》《浅谈数学教学中的扩散思维》《数学教学中的诗歌》《学导式教学法的尝试》《怎样才算上好了一节数学课》《在减负中如何处理好学生的课业负担》等在全国一级期刊刊载。

我还带领数学教研组教师易继裕、易建福、洪明华、范云志、刘荣生等制订了教育教学研究课题，"把握学生自主探索与教师适度指导的关系的研究"被市教育局教育教研立项。

我指导的学生中，刘章禄参加全国数学联赛，获江西赛区省一等奖，这是梓山中学学生参加数学竞赛的一次重大突破；杨锋参加《学习报》组织的第八届全国中小学数学公开赛，荣获初二组三等奖；温涛、刘志龙参加全国数学竞赛，分别获县一、二等奖。

高职分校

人生逆境思勤奋，创办高职受众夸。
分校萌芽祈阜盛，谁知意料是昙花。

1997年冬，校长刘二发在南昌校长培训期间，参观了江西省高级职业学校（以下简称省高职）。

返校后，刘校长在梓山中学教工大会上介绍了省高职创办人于果校长的情况。

于果在1978年因腿残疾而高考落榜。20世纪80年代后期，他经商办企业。1994年，他个人投资创办了省高职学校。通过几年努力，学生迅速发展到一万多名。当时，该校是我国承认规模最大的一所民办高级职业学校，于果是"江西省十大杰出青年""全国杰出青年志愿者""全国自强模范"。

经过这次参观省高级职业学校，刘校长对创办民办学校产生了兴趣。

1998年春，根据于果创办学校的经验，为适应当前学校职业教育发展的需要，为快出人才，早出人才，刘校长大胆设想在梓山中学创办一所省高职的于都分校。

于是，刘校长组织了学校领导班子张凭华、钟灶长、李忠和教师陈育生到省高职考察。后来，经过校行政会、教工代表大会讨论决定，在梓山中学创办一所省高职分校，成立了高职班领导小组，刘校长兼组长，下设招生办，主任陈育生，具体负责高职班招生的日常工作。

那时，全校教职员工，在学校班子的带领下，同心协力，斗志昂扬，为筹办分校献计献策。

4月7日，"江西省高级职业学校于都分校"在梓山中学正式挂牌。

5月31日下午，省高职于果校长率领艺术团来学校，晚上在乡政府礼堂宣传演出，他们的表演生动活泼，令人欢欣鼓舞。

暑假期间，教师的招生热情极高，克服重重困难，如愿完成了两校招生任务。其中高中招生102人，高职班招生60人。

秋季开学时，学校安排的高职班任课教师是：班主任兼语文欧阳爱京、政治葛振林、英语易全胜、物理曾小平、化学朱新华、体育卢炜。当时，学校抽调不出教师任教高职（高中）班数学课，在这刻不容缓之时，我自告奋勇地报名担任了高职班的数学课教师。

省高职于都分校招了两届学生，最后由于种种原因，分校昙花一现。

奉献爱心

哪个平生无坎坷，心中困苦谁思悟。

匡扶赈济清贫人，慷慨解囊助学路。

（一）

"天空是一样的美丽，人间有无限温暖。"在学校的宣传栏中，有这样一句话。这是1997年梓山中学希望工程"一助一"活动中我资助的两位贫困学生其中一位写的感谢信里的话。

初一（2）班学生易六秀刚上初中一年级，父亲就病故，母亲难以支撑这个贫困的家庭，唯有让女儿辍学，女儿哭着央求："妈妈，我不想辍学，我要读书……"班主任刘小强老师向我提到他班上这名学生的情况。

我二话没说，答应班主任自愿资助她完成初中学业。

初一（2）班学生欧阳文英，性格内向，勤奋好学，学习成绩较好。一天上午，我到该班上课，发现她不在教室。后来刘老师对我说："欧阳文英几次都想辍学，经动员才返校，有可能这次真的不来读书了。她父亲曾患小儿麻痹症，后来又患了肺气肿，行走不便，生活难以自理，全家的生活担子都压在母亲肩上，而母亲唯有靠做小工、卖苦力挣点零钱来维持家里的正常生活，家庭经济极为困难。而欧阳文英在家排行老大，要帮母亲承揽生活重担。"

那是"普九"期间，对辍学的学生，学校教师都得想方设法动员其回校学习。

1997年4月15日上午，我和办公室主任段熹昱老师一起来到欧阳文英家里了解情况，她妈妈含着眼泪向我们倾诉了家里的遭遇。

"您还是让文英读完初中吧，这几年初中的学习费用我会想办法为你们解决。"我向她妈妈承诺。

"段老师，您真是我女儿的大恩人，否则文英真是没办法再去读书了。我代文英谢谢您！"她母亲十分感激，对我鞠了三个躬。

第二天，我来到学校团委办公室，为欧阳文英、易六秀两位贫困家庭学生办理了希望工程"一助一"捐资助学，每人每学期80元，直至初中毕业。

"乐人之善，济人之急。"在那时，我自己工资每月才308元，三年下来为两名学生共捐助960元，相当于那时三个月的工资。我上有老，下有小，生活并不宽裕，虽然经济上加重了我的"苦"，却在精神上增添了我的"乐"。

（二）

在一个学期的期末考试前，我收到了欧阳文英的一封信。

> 段老师：
>
> 您好！首先代我向师母问声好，祝全家都快乐！
>
> 这学期时间过得真快，眨眼就要期末考试。我现在正紧张地复习功课。期中考试成绩一点也不理想，我退步了。我分析我的过失，是过于轻题，把不应该错的做错了。这次期末考试我要吸取上次教训，一定要仔细审题认真做，考出好成绩向您报告。争取考到全年级前五名，这是我的奋斗目标，我要加倍、加倍地努力！
>
> 最后，再让我真诚地对您说："谢谢您，我的恩人！"

祝工作顺心如意！

一个得到您资助的学生——欧阳文英

1998年6月14日

我也给她回了信。

欧阳文英同学：

你好！来信获悉，谢谢你的祝福！

期中考试暂没考好，你也不必自责，"吃一堑，长一智"。你能找差距，立目标，怀大志，求上进，可贺可敬！

祝你在这次期末考试中，不负众望，发挥优势，考出佳绩，实现心愿！

一位看着你进步的老师——段德山

1998年6月15日

在以后的日子里，欧阳文英每个学期都会写封信给我，汇报一个学期来的思想和学习情况。

扫盲工作

欣闻教育法颁布，任务两基当共抓。
上下全心齐努力，迎来强国乐同胞。

（一）

1986年4月，第六届全国人民代表大会第四次会议通过了《中华人民共和国义务教育法》，并于1986年7月1日起施行。提出到2000年中国初步实现"两基"（基本普及九年义务教育，基本扫除青壮年文盲）战略目标，再到2011年全面完成"两基"战略任务，实现从一个文盲大国、人口大国向教育大国、人力资源大国的历史性跨越，为迈向教育强国、人力资源强国奠定坚实基础。

1998年暑假期间，根据"扫除青壮年文盲"工作要求，梓山中学设置了七个行政村的业余初中班教学点，即梓山、石燕、永丰、花桥、上蕉、联星、瓦松。

我被学校安排负责带领一个组，和四位教师葛振林、肖卫红、曾育民、林木森在花桥村办班。

那时办班地点设在花桥小学（村小）；办班对象是17周岁未完成初级中等教育（九年义务教育）的青年；办班学习的内容材料是赣州教育局编写的农村业余初中《读本》；办班的目的是普及九年义务教育，提高中华民族的科学文化水平，使花桥村17周岁的初级中等教育的完成率达标。

（二）

花桥村部距梓山中学七公里，有村民小组12个，人口1800多人。

7月2日，我们组五位教师骑着自行车来到花桥村部联系工作。我们先将所带的镇"普九"文件交给了村支部书记吴水发，然后向村委干部们详细说明了这次办业余初中班的意义、目的、要求和任务。之后，我们还到花桥小学找到易卫国校长协商办班的场所。

村委干部与我们密切配合，大力支持我们办业余初中班的工作。为动员对象入学，村委干部苦口婆心说破嘴皮，多次反复地宣传动员，使广大群众和对象提高了对这次办业余初中班的认识，得到了办班对象的家长大力支持。特别是学员温冬兰，母亲前不久开刀动了手术，病在床上，父亲外出打工，姐妹中她最大，家里家外都要她料理，还要护理母亲。可是，她却克服一切困难前来参加学习。

本次办班，在村委干部的动员下，除部分对象外出打工外，其余22名全部被动员来校培训。

村委干部除了在办业余初中班工作上大力支持我们外，生活上还给予我们无微不至的关怀，为我们提供了良好的生活环境。中、晚餐都是村部免费提供，安排在妇女主任李莲花家。李莲花主任烹调技术高，那可口、美味的佳肴，我们无不赞叹。

花桥小学为我们办业余初中班提供了宽敞的办公室和教室，无偿供应办公用品。当我们在教学中遇到困难时，都会想方设法为我们解决。在他们的倾力帮助下，教学工作进展顺利。

在办班期间，县、镇教委领导和校领导刘二发校长对我们非常关心，冒着炎热酷暑前来看望我们，指导我们的教学工作，肯定了我们的工作成绩，这对我们完成这次办业余初中班给予了极大的鼓励、支持和帮助。

（三）

这次办班，我们先制订了一整套教学管理制度、学习制度、教学计划等。虽然暑期天气炎热，有时刮风下雨，但我们都能克服一切困难，正确处理好家务、农务与教学之间的关系，坚持教学。我们每天吃了早饭去花桥办班，晚饭后返回梓山中学，来回骑车十多公里。上课路上，有时下暴雨淋湿了衣服，照样进课堂为学员上课；备课时，汗流浃背；讲课时，唇焦口燥……这些，教师们都无暇顾及。大家劲往一处使，努力把这次业余初中班办好，使花桥村17周岁的初级中等教育的完成率达标。

一个月后，我们顺利地完成了学校交给的办业余初中班的任务，为学校"普九"工作验收打下了良好的基础。

多年来，由于学校在"普九""两基"工作中抓得细，各项指标到位，2003年在全县"两基"年检复查验收工作中，学校被县评为"两基"工作先进单位。

抗洪抢险

梓中有幸防灾稳，贡水无情肆虐湍。
勠力心齐排险境，众志成城护家园。

（一）

1999年5月26日晚上九点左右，梓山中学接到镇政府的通知：由于近来受强降雨影响，贡水河水位已超警戒线两米，现贡水河水位持续上涨，接县防洪指挥部通知，今晚最大洪峰在凌晨两点左右到达梓山镇。望全镇各单位、各村委做好抗洪抢险工作，注意河堤险情，随时听从镇党委、政府调配，及时到达险处抢险……

令下如山倒。郭校长立刻召开校务会，讨论有关抗洪抢险事项。紧接着召开全校教职工大会，部署有关工作。

在教工会上，郭校长传达了镇政府这次抗洪抢险的工作重点和要求："咱们学校临贡水河畔，由于暴雨还在不停地下，水位持续上升，上游洪峰估计半夜后到达梓山镇，随时会有险情发生。镇政府已发号召，要求我们在做好本单位防洪工作的同时，一旦河堤出现险情，我们要全力以赴，奔向抗洪第一线，确保群众人身和财产安全。"

郭校长还强调："特别是共产党员，要在这关键时刻起模范带头作用，挺身而出，发扬1998年军民抗洪抢险精神，冲锋陷阵，不怕苦、不怕累，在保护好自己的同时，为抗洪抢险工作奉献自己的力量……"

郭校长抗洪抢险的动员令，撼动人心，鼓舞着教师们的士气。

散会后，各班主任都到班里做学生的思想稳定工作，教育学生提高安全意识，加强自我防范，做到险情来时稳中不乱，听从指挥，服从调配，有序疏散。

郭校长还特意交代我说："段校长，你是咱校分管后勤的领导，责任重大，人命关天。在抗洪抢险中，要把学校师生人身安全和财产安全这两项工作高度重视起来。要制订好措施，抓好落实，千万不能出任何差错。"

"请校长放心，我会尽力做好这次抗洪抢险工作，保证完成学校交给的一切任务。"我毫不犹豫地回答郭校长。

我首先与总务主任肖卿燕、财产管理员肖秋生制订了学校抗洪抢险应急预案，然后带着他俩逐栋排查学校所有教学、生活用房是否存在安全隐患，并由肖秋生做好现场勘察记录。

这时还在下着倾盆大雨，当我们三人打着雨伞走到初一女生宿舍（土坯一层平房）时，心却悬了起来。这些宿舍处于学校低洼地，由于河水猛涨，校内积水排不出，水已漫进了这些女生宿舍，若那土砖被浸湿了，宿舍随时有倾塌危险。

这些女生看见水淹进了宿舍，已惊惶失措，人声鼎沸。

"同学们，静一静，不要恐慌，不要紧张，我们马上会安排你们转移到安全的宿舍去。"看到女生慌成一团，我抬高嗓门，大声地安慰她们。

听到我的声音，学生们静了下来，心里踏实了许多。

"我们搬到哪里去住呀？"有几个学生望着我，异口同声地问。

"你们搬到初二年级女生宿舍去住，一（1）班到二（1）班，一（2）班到二（2）班……"我和肖主任商量后，当机立断，一刻不停，马上转移学生。

肖卿燕主任、肖秋生管理员立即分头去联系初一、初二年级的班主任前来帮助女生转移，而我在现场进行指挥。班主任都陆续赶来，组织女生转移工作有条不紊地进行着。

这时，有位女生因恐慌紧张，在搬行李出宿舍时，不小心连人带行李摔倒在地上，她害怕得大声哭了起来。

我赶紧走上前去，一手为她提行李，一手扶她起来。

"不要怕，不要哭，坚强起来，一切都会好的。"我轻声安慰她说。

"老师，有你在，我不哭了。"她破涕为笑。

"我帮你把行李提到那边宿舍去吧。"这个初一女生个子小，看起来体质较弱，我二话不说，提着她的行李就走。

我们一直忙到晚上十一点多，才把初一女生全部安全转移出来。这时，宿舍积水很快就上升到床位高度，有几块床板没及时拿走，已漂浮到门外。

在帮学生转移的同时，我们还把住在初一女生宿舍旁边的一位女职工也安全转移了。积水还在继续上升，墙体的土砖越浸越湿，过了一会儿，这几间房子"轰"的一声全塌了。

"要是不及时把这些女生转移，后果不堪设想。"我心里暗暗庆幸着。

（二）

我们正忙得疲惫不堪想坐一坐休息时，学校的广播响了起来：

紧急通知，镇党委、政府来通知，由于贡水上游洪峰提前来临，梓山圩旁西河堤出现了险情，要求教工们积极投入到抗洪抢险第一线去……

通知连续播了三遍。

险情就是命令。我听到这消息，忘了一身的疲惫，抖擞精神，第一时间组织带领五十多位老师，直奔有险情的梓山圩河堤上。

我们到达时，只见贡水差一米左右就要淹没河堤了。在一险情处，河堤已出现一个十多米宽、八十厘米左右深的大缺口。镇政府领导和村委干部早已在指挥圩镇各单位人员和好几百名群众抢险，有的拿着锄头挖土，有的拿着铁锹往编织袋装土，有的肩上背着一袋土，不停地往河堤险情处丢土沙袋。

我和学校的老师们即刻投入了这场抗洪抢险战斗。

抗洪抢险的人群干劲冲天，如火如荼。有好些老爷爷、老奶奶都端着茶水站在路旁叫大家喝水。

"水灾无情，人间有情。感谢你们前来抢险。同志，你辛苦了，喝口茶水歇一会儿吧。"一位六十多岁的老爷爷，双手端着一碗茶水前来叫我喝。

"谢谢您，我不渴。"我背着装满了土的编织袋边走边说。

雨一直在淅淅沥沥地下着，抢险的人群顾不得衣服淋湿了，在泥泞的道路上，背着编织袋里的土不停地走着。

突然，河堤边上一棵大树被洪水冲坏了根基，"叭"的一声就要倒下来。

这时，树底下正好一位抢险人员经过。在这万分危急之际，我正在他旁边，赶紧猛力推了他一把，他脱离了危险，可是我的一只手却被树枝划出了一道口子，血和雨水混在一起，直往地上流。我顾不得这些，继续投入抢险战斗中。

抢险人员忙到清晨五点左右，天快亮了，基本堵住了河堤缺口，大家也精疲力竭，于是原地休息片刻。有的坐在地上抽烟，有的躺在地上歇息，有的在议论着。

"哎呀，这么大的洪水，几十年了我第一次看到。"

"这缺口要是堵不住，堤内九千多人、四千多亩土地都会受灾。尤其是河堤缺口下紧挨着的两栋三层砖混房肯定会被冲塌的。"

"要不是政府领导组织大家齐心抗洪，人多力量大，这河堤早已冲毁了。"

"我们几个人晚饭都顾不得吃，村干部就把我们叫来了，饿着肚子干到现在呢。"

在休息中我听到大家在议论着。

过了片刻，突然听见有人大声喊了起来："大洪水又来了，大家快来抢险呀！"

我赶紧跑过去一看，只见原填了一夜的土没加固好，又被河水冲坏了一部分，汹涌的洪水正不停地冲击河堤。

大家顾不得疲倦，又继续奋战到抢险之中。

我又背上一袋用编织袋装的土，急忙送往险情处。有时实在背不动了，就用手拉着编织袋的土在地上拖着走。

虽然大家都已疲惫不堪，但在这关键时刻，参加抗洪抢险的镇领导和村委干部们仍一直带领和鼓励大家振作精神加油干。

天亮了，雨也停了，河堤缺口终于堵上了，经过一夜抗洪抢险的人们，拖着疲乏困倦的身体陆续回家去了。

出访考察

为探教坛闯碧旻，飘洋港澳马和新。

裁长补短他山石，努力耕耘朝暮辛。

在梓山中学工作期间，由于我认真工作，取得了一定的成绩，赢得了学校领导和教师对我的信任，获得了学生对我的赞扬。1998年，经县委组织部考察任命，我由总务主任提拔为该校副校长。

为了适应新世纪社会发展需要，总结20世纪教育成果经验，探讨21世纪的教育方法，经教育局领导同意，我很荣幸于1998年12月9日至23日参加了在马来西亚召开的"走向新世纪教育方法学术报告会暨'98成功理论研讨会"。

会议内容有五点：

1. 探讨20世纪后期东南亚各国职业技术教育的特点。

2. 20世纪后期中西文化及教育方法的发展形势分析。

3. 东南亚各国的教育模式对中国教育改革的影响。

4. 通过各国对人才的需求，探讨新世纪人才的教育方法的实施。

5.教育成果经验交流。

参加这次会议的人员都是来自全国各地大专院校、中等学校、中小学校优秀领导和优秀老师，以及地（厅）级教委的领导。

会议期间，我们对马来西亚、新加坡、香港、澳门等地的经济发展和教育教学情况进行了考察。

这次会议为我们上了一堂别开生面、非常有价值的课。虽然来去匆匆，时间短促，却是印象颇深，感触甚多。

印象之一：新加坡人有较强的环境保护意识。

我们从香港乘飞机来到世界花园城市——新加坡。

在新加坡，不管路边街道，还是小区公园，处处绿草成茵、碧树成林、鲜花拥簇、四季飘香。更令人惊羡的是，一个几百万人口的大都市，看不见一点垃圾，街道一尘不染。听当地人介绍，如发现乱扔垃圾者，不罚款，而是让其背上一块黑牌，上面写着"乱扔垃圾者某某"，并罚其沿这条街捡垃圾，后面则跟着一位工作人员录像，晚上在国家电视台播放，以此为鉴。这样谁还敢乱扔垃圾？

印象之二：马来西亚人有惊人的创造力。

素有"南方蒙地卡罗"之美誉的云顶高原是马来西亚

旅游的第一大景观，海拔1800米。我们从山下坐缆车来到马来西亚的山顶城市——云顶。在云顶最有名的就是当时号称亚洲第一大、世界第二大赌城的云顶娱乐城，它是马来西亚唯一的合法赌场所在地。

亚洲最大型的会议、展览场所——富丽堂皇的云顶国际会议中心，占地15万平方尺，可容纳2000多人，是举办大型活动的最佳地点。

云顶第一大酒店，坐拥6118间客房，早已获得吉尼斯世界纪录，并被颁"世界最大酒店"证书。它是云顶娱乐城最好的酒店之一，酒店娱乐设施包括游泳池、健身房、桑拿、网球场、高尔夫等。

云顶娱乐场是孩子们的乐园。这里的大型游乐设施室内与室外相连。尤其乘坐非常刺激的滚龙山车，从室内出发转上若干圈以后就会飞出室外，之后再转回来。超长蜿蜒曲折的运行距离令游客极为刺激。其他游乐项目更是数不胜数，如空中缆车、大型游戏机廊、高尔夫球场、网球、骑马、原始森林生态活动等，令来此游玩的游客如痴如醉。

云顶里面商业、餐饮、服务业也是项目繁多，众多的服装、珠宝、箱包、手表、饰物、皮革产品等，真是琳琅满目、应有尽有。

云顶山是福建籍华裔林梧桐先生开发的，面积达4900公顷，是东南亚最大的高原避暑胜地。林梧桐生于1918年，福建人，20岁来马来西亚谋生，木匠出身，后成为建筑商。1965年，他在这里独资兴建酒店、电动游乐设施、游泳馆、体育馆、保龄球馆等。

那时云顶山是原始森林，从山下到山上修路用了四年时间。当时筹建时，大家都认为他是个大傻瓜，谁会跑到这原始森林的高山顶上去呢？如今这个赌城轰动全世界。如此惊人的创造精神，真是令人敬佩。

印象之三：新加坡和马来西亚高度重视教育。

无论是马来西亚，还是新加坡，都高度重视教育，对教育投入极大。它们的学校建成公园化，仪器设备现代化，教学管理网络化，师资队伍建设高标准化。这两个国家从20世纪80年代就开始实行小学、初中义务教育，免费上学。

在教育体系中，他们既有高等职业教育，也有中专、中技性质的中等职业教育，还有以培养普通技工为目标的各种职业学校，职业技术教育占有相当的比重。不管是公办还是私立学校，在20世纪90年代的教学管理上都采用了网络化管理，在课堂上采用了多媒体教学。

通过这次出国考察，我更清楚地认识到全球竞争力的核心就是人才的竞争。面向未来，为实现中华民族的伟大复兴，我们教师责任在肩、任重道远。

光荣退休

黉堂卅五鬓霜岁，告老还乡乐胜仙。

竭职终为从教者，回眸常忆讲台边。

人生世俗春秋度，阡陌溪山日月悬。

遥望长江推浪涌，纵观当拉竞峰巅。[1]

2002年8月，我在梓山中学工作期间，参加了在河南省安阳召开的全国数学教研第十一届年会。2004年8月，参加了在广东省珠海召开的全国数学教研第十二届年会。

2004年9月6日，根据上级组织部门安排，我从梓山中学调入于都县职业中专工作。

9月17日上午，县委组织部高卫民副部长找我谈话："段校长，你为教育事业兢兢业业工作了几十年，默默无闻地奉献，取得了优异的成绩，获得了许多荣誉。现根据组织上的安排，决定你内退休息，多多保养身体。"他还关心地问道："你对组织上还有什么意见和要求？"

"谢谢领导照顾，我服从组织安排，无其他意见要求。日中则昃，月盈则食。退让是福，知足常乐。"我向高副部长点了点头，慨然应允。

光阴似箭，日月如梭。

2014年12月，我正式办理了退休手续。

我自1980年元月参加教育工作以来，一心扑在教学第一线，三十五年如一日。一只粉笔，两袖清风，三尺讲台，四季耕耘，五定人生，六脉调和，七日一周，八方相助，九九归一，十年树木，百年树人，千言万语，感恩党组织对我的教育培养，感恩党给我的温暖幸福。

我生在新社会，长在红旗下，在党的关怀培育下，我小学读书减免学费，初中读书享受助学金，师范学习包吃包住免学杂费，还评定为甲等助学金。1980年元月我加入了教师队伍，1986年元月我加入了中国共产党组织。我的每一步成长，都离不开党的教育培养，离不开组织的关心帮助。只有心怀感谢之情，才会激发出报恩的动力。

鲁迅说过："只要能培一朵花，就不妨做做会朽的腐草。"人生几度春秋，世事一场大梦。在人生几十年的坎坷路上，正是：

鞠躬尽瘁为教育，死而后已不愧惶。

奉献芳华育桃李，迎来硕果竞芬芳。

附：

[1]指当拉山，即唐古拉山脉。

后记

梅江水流不复返，瑶金山高入云端。
人生如梦酹江月，岁月如歌付笑谈。

　　岁月如歌，难以忘怀。当年明烛，即将燃尽。我们告别了为教育奋斗的事业，退出了热爱过的工作岗位，离开了辛勤耕耘的三尺讲台，如今我们还能做什么？我们是生在新社会、长在红旗下的一代新人，是20世纪70年代初的知青，是1977级大学生。我们有许多坎坷经历，有许多感人故事，有许多动人传奇，一切都历历在目。为什么不趁我们略有余热把这些写出来呢？写出父辈的艰辛，写出童年的梦想，写出社会的磨砺，写出平凡的历程，写出时代的华章！

如今，《那一方山水》终于完稿，回忆五载写作，志坚行苦，写写停停，来之不易。2018年春，我着手收集各种相关材料，开始撰写，当年冬完成初稿。2019年春，完成第一次修改，冬季完成电子初稿。2020年至2022年又反复修改了几遍。

在撰写《那一方山水》期间，我走访了县档案局、县图书馆、县志办、县教育局，查阅了有关历史资料、档案材料，参阅了《于都县志》《于都交通志》《于都教育志》《梓山镇志》《车溪乡志》《段屋乡志》《明代二修段氏族谱》《段氏六修谱》《段氏七修谱》，还拜访或电话访谈了多位领导、同事、同学和亲朋好友。

《那一方山水》的面世，得到了领导、同事、同学和亲朋好友的热情帮助与大力支持，在这里一并致谢：

赣州市教育局原局长刘卫东为《那一方山水》作"序一"。

同学陈式金为《那一方山水》各小节开头诗作指导与修改。

于都县志办原主任丁良跃为《那一方山水》撰"序二"，并为我的写作指点迷津，给予真诚鼓励与帮助。

赣州师范高等专科学校成人教育部原副主任肖忠华为文稿的修改提出了宝贵的建议与热情的指导。

于都县社保局原局长，现中国摄影著作权协会会员、中国民俗摄影协会会员蔡家喜，顶炎热、冒酷暑，前往车溪、段屋、梓山等地摄影，为本书提供了珍贵的照片。

我的良师益友肖宁华、肖忠华、刘习军、肖贵育、温毓海、谢锡海、段先德、段祥云、段春兰、段林发、段德明等为本书的撰写提供了确切的材料。

在这里还要感谢生我、养我的母亲，为我讲述了许多令人感动的故事。

更要感谢一路陪伴我的爱人郭巧英。几年来，为了使《那一方山水》早日完稿，她常常给予鼓励与支持。我们一起探讨学习，一起寻找材料，一起写作修改。难以忘记的是，在写作中，炎炎盛夏她为我送上清凉的茶水，凛凛寒冬她为我披上温暖的外套。特别是她在病危期间，仍一直鼓励我写作……可是《那一方山水》还没面世，她却被病魔夺走了生命。在那极其痛苦的日子，我常以泪洗面。我强忍心中悲痛，振作精神，拿起笔杆继续完成我俩共同的愿望。

在这里还要感谢我的儿女，他们工作繁忙，仍抽空为

《那一方山水》审稿修改，大力支持我的创作。

最后，再一次对帮助《那一方山水》撰写和最终面世的贵人、亲朋好友表示最诚挚的感谢！

段德山

2022年12月13日

段屋全景

（蔡家喜摄）

第十世祖段氏子璋（文莊）

公祖祠车溪乡大墩屋（蔡家喜摄）

（注：吉一郎公为一世祖）

第十四世祖段氏瓒（如勋）公祖祠

车溪乡大垱屋（蔡家喜摄）

第十六世祖段氏文烆（灿宇）公祠

车溪乡窑前（蔡家喜摄）

第十七世祖段氏世芨（纯白）公祠

段屋乡桂林（蔡家喜摄）

第二十世祖段氏圣则（惟尧）公祠

段屋乡桂新（蔡家喜摄）

原段屋圩
（蔡家喜摄）

段屋乡寒信峡梅江
（蔡家喜摄）

段屋乡寒信古建筑

（蔡家喜摄）

我的出生地

（蔡家喜摄）

原段屋小学校园一角

现段屋小学校门

（蔡家喜摄）

现段屋初中校门

（蔡家喜摄）

段公裘莆捐建的段屋初中慈母楼

（蔡家喜摄）

梓山下刘屋
（蔡家喜摄）

山塘职业初中开办时教职工留影
（蓝品仁摄）

师生为群众修路

（蓝品仁摄）

梓山镇山塘村塘窝组

（蔡家喜摄）

厅堂当教室　山塘村塘窝组

20世纪90年代山塘职业初中的教工宿舍

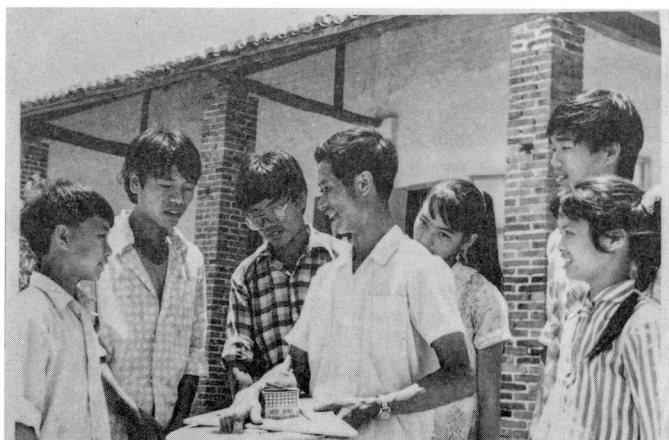

课间与师生探讨教学

（蓝品仁摄）

原山塘职业初中校址　现为山塘小学
（蔡家喜摄）

现山塘小学校园鸟瞰图
（蔡家喜摄）

原梓山中学校门

现梓山中学校门

（蔡家喜摄）

现梓山中学校园
（蔡家喜摄）

参加中国数学教研第十二届年会珠海留影

参加中国数学教研第十一届年会
与人民教育出版社副编审张孝达（右）合影

参加马来西亚吉隆坡学术交流会留影

荣获全国优秀教师奖章

国家教育委员会
人　　事　　部
全国教育工会

(89) 教人字018号

通　知　书

经审定，同意**段德山**同志为一九八九年全国优秀教师。

段德山 同志
被评为全国优秀教师
并授予优秀教师奖章

第162267号

获奖通知书与证书

（蔡家喜摄）